Drei Uhr früh in Hollywood

Das Buch

Im sonnigen Kalifornien, dem Schauplatz dieser Erzählungen, könnte das Leben heiter sein, wären da nicht Verwandte und Bekannte, die Fremde geblieben sind in diesem Land, und wäre da nicht das Mitleid mit den Opfern und die Gewissheit, dass deren Kinder deren Opfer sind. Mit einer Entschiedenheit, die ihresgleichen sucht, und ergreifender poetischer Kraft erzählt Laura Waco nicht nur wunderbare Geschichten, sondern beschreibt auch das Lebensgefühl einer Generation, die trotz allem versucht, glücklich zu sein.

Die Autorin

Laura Waco wurde 1947 als Tochter Überlebender von Dachau und Bergen-Belsen in Freising geboren. Sie ging dort und später in München zur Schule und lebt seit 1968 mit ihrem Mann, einem Rechtsanwalt, in Los Angeles. Ihr Buch *Von Zuhause wird nichts erzählt* gilt als bislang ergreifendste deutsch-jüdische Gegenwartsgeschichte.

Laura Waco

Drei Uhr früh in Hollywood

... und gar nicht weit von Auschwitz

List Taschenbuch

Besuchen Sie uns im Internet:
www.list-taschenbuch.de

Zum Andenken an Bärbel

Umwelthinweis:
Dieses Buch wurde auf chlor- und säurefreiem Papier gedruckt.

Ungekürzte Ausgabe im List Taschenbuch
List ist ein Verlag der Ullstein Buchverlage GmbH, Berlin
1. Auflage Juni 2005

Umschlagkonzept: HildenDesign, München
Umschlaggestaltung: Hauptmann und Kampa Werbeagentur, München–Zürich (nach einer Vorlage von Büro Jorge Schmidt, München)
Titelabbildung: Corbis
Satz: Pinkuin Satz und Datentechnik, Berlin
Druck und Bindearbeiten: Clausen & Bosse, Leck
Printed in Germany
ISBN-13: 978-3-548-60559-3
ISBN-10: 3-548-60559-1

Für Jasmin

So steht es geschrieben

Zwei schlanke, blonde Damen hatten Meier zum Mittagessen ausgeführt. Es waren die Fernsehproduzentinnen. Zu einer königlichen Mahlzeit hatten sie ihn eingeladen, na ja, war ja selbstverständlich, und da sie die Wahrung seiner in der Torah vorgeschriebenen Speisegebote zu würdigen wussten, hatte man vereinbart, auf seinen Vorschlag hin, sich im angesehensten koscheren Restaurant unserer Stadt zu treffen, nämlich im Beverly Hills Gourmet, wo sonst? Das Ganze hatte so einfach geklungen. Er würde seinen Fall im Schiedsgericht vortragen. Was hatte er schließlich zu verlieren? Überhaupt nichts. Und hatte er nicht eine hervorragende Chance, den Fall zu gewinnen? Doch sollte er tatsächlich verlieren, würde man ihm trotzdem 300 Dollar zahlen, für seinen Auftritt im Fernsehen, nur dafür. Also einverstanden, sagte er, und er unterzeichnete überall da, wo er Kreuzchen sah.

Musik war zu hören, und da marschierte Meier durch die Schwingtür des Gerichtssaals, während eine sanfte Stimme aus dem Fernseher leise erklärte, dass der B'nai B'rith Anzeiger ein Foto von Meier, wie er auf der Straße ging und vor Beginn des Passahfestes ein Hörnchen aß, abgedruckt und sich somit über seinen Glauben lustig gemacht und ihn für kommerzielle Zwecke und Profit ausgebeutet habe. Die sanfte Stimme sagte, dass Meier auf 5000 Dollar Bußgeld klage. Es folgte ein langer Summton, und nun schritt ein fülliger Mann im blauen Anzug durch die Schwingtür des Gerichtssaals, eine gelbe Aktenmappe unter den Arm geklemmt, und die sanfte Stimme sagte, der Beklagte sei Rabbi Ben Rosenberg, leitender Herausgeber des B'nai B'rith Anzeigers, welcher behauptete, keine Schädigung des Klägers beabsichtigt zu haben, indem er sein Foto veröffentlichte mit der Unterschrift »Passah steht bevor und ein Mann wurde den Sauerteig auf die altbewährte Weise los, indem er ihn aufaß«.

Die sanfte Stimme sagte, der Rabbi sei der Verletzung der Privatsphäre angeklagt, und dann wieder der lange Summton. Wessen wir Zeuge werden, sagte die sanfte Stimme, sei Wirklichkeit, und die Teilnehmer seien nicht Schauspieler, sondern derzeit im Streit liegende Parteien in ihrem vor einem kalifornischen Amtsgericht anhängigen Verfahren. Beide Parteien hätten zugestimmt, ihren Fall vor Gericht zu bringen, schloss die sanfte Stimme, um ihre Auseinandersetzung hier zu entscheiden, in diesem Forum, dem Schiedsgericht.

Ein stattlicher Mann in einem zweireihigen marineblauen Jackett, blauem Hemd und mit gestreifter Krawatte, ein Mikrophon in der Hand, stellte sich aalglatt als Dick MacMillan vor und hieß das Publikum beim Schiedsgericht des Volkes willkommen. Er sagte, dies sei der Fall »Und am Mittwoch ging der Rabbi zum Gericht«.

Dick mit dem Mikrophon sagte, der Kläger sei schockiert gewesen, dass der B'nai B'rith Anzeiger das erniedrigende Foto ohne seine Zustimmung veröffentlicht hatte, und dass er für die ihm persönlich und beruflich zugefügte Beleidigung entschädigt werden wolle.

Der Angeklagte, sagte Dick mit dem Mikrophon, folgere, dass der Klageführende bloß ein Goldgräber sei, der sich vorstelle, wenn Stars es könnten, warum nicht auch er.

Dick mit dem Mikrophon ersuchte die Fernsehzuschauer um ihre Aufmerksamkeit in diesem ganz ungewöhnlichen Streitfall.

Nun saß auf dem Richterstuhl, im Bildschirm, der fotogene weißhaarige, der ehrenwerte Richter Jacobs in seiner schwarzen Robe. Er sagte, beide Parteien seien vereidigt worden, und dass Meiers Klage vor ihm läge. Da stand der Meier. Der ein Meter dreiundsechzig große Meier. Der kerzengerade Meier im grauen Anzug. Der todernste Meier mit der Kippa auf dem Kopf. Er war bereit, und auch vorbereitet, Meier mit Zeitung in der Hand. Diesen Mann, den winzigen Meier, nahm der Richter in den Blick und fragte ihn, ob es stimme, dass der B'nai B'rith Anzeiger ein Foto von ihm ohne seine Erlaubnis verwendet habe, und kaum hatte er geendet, als Meier blitzschnell ein tiefes und düsteres »Ja« herausschoss; und dann wollte der Richter wissen, wann es sich ereignet habe, und Meiers knappe Antwort war, dass es vor

Passah geschehen sei, und der Richter fragte, in welchem Jahr sich das ereignet habe, und Meier sagte, es sei dieses Jahr gewesen, und er stopfte die Zeitung in seine Jacketttasche. Der Richter wollte noch einmal wissen, ob es dieses Jahr gewesen sei, und Meier sagte ja, und der Richter sagte, alles klar, und fragte Meier, ob er die Veröffentlichung dabei habe, was Meier sofort bejahte, und der Richter bat, einen Blick darauf werfen zu dürfen, und Meier sagte, einen Augenblick, zog die Zeitung aus der Jacketttasche, überreichte sie dem Richter und dieser sagte, danke. Dann bat der Richter Meier, ihm das Bild zu beschreiben, Meier zögerte, und der Richter bat ihn dann zu erklären, wo das Bild aufgehängt gewesen sei, und Meier sagte geschwind, dass das Bild vor dem Metzgerladen gehangen habe, und der Richter fragte, wo genau, und Meier verhaspelte seine Worte und sagte, dass es außen am Metzgerladen aufgehängt gewesen sei, vorn dran, sodass jeder, der in den Metzgerladen ging, das Bild dort wahrnehmen würde. Die letzten zwei Worte waren kaum mehr hörbar, weil Meier außer Atem war. Der Richter fragte, ob der B'nai B'rith Anzeiger das Bild aufgehängt habe oder ob jemand aus dem Metzgerladen es ausgeschnitten und aufgehängt habe. Mit wildem Kopfschütteln und bebenden Wangen wie bei einer Bulldogge, aber ohne dass Speichel spritzte, antwortete Meier, dass jemand im Metzgerladen das Bild ausgeschnitten und angebracht habe. Und er verlor wieder seine Stimme und musste innehalten, um Luft zu holen. Der Richter fragte, ob dieser Jemand im Metzgerladen das aus eigenem Antrieb getan habe, und Meier sagte, dass das wohl so gewesen sein müsse, und der Richter sagte, schön, und begann aus dem Artikel vorzulesen: »WOHIN MIT DEM SAUERTEIG? – Ein Herr auf der Fairfax Avenue leistet seinen Beitrag zu den Passahvorbereitungen, indem er den Sauerteig auf die altmodische Art beseitigt: er isst ihn auf. Der erste Passahseder fällt dieses Jahr auf Freitag, den 29. März. Aller Sauerteig wird aus Häusern und Geschäften zur Vorbereitung des Festes, mit dem der Auszug des jüdischen Volkes aus der Sklaverei in Ägypten gefeiert wird, weggebracht.«

Nun fragte der Richter Meier, ob es das sei, was man veröffentlicht habe, und Meier sagte, das stimme. Der Richter fragte, ob man Meier um Erlaubnis gefragt habe, ihn zu fotografieren, und er hatte kaum die letzte Frage beendet, als Meier wie aus der Pistole geschossen sagte, dass sie es nicht getan hätten. Genau das sei schließlich der springende Punkt. Sie hatten nicht die Erlaubnis, das Bild aufzunehmen. Welch eine Unverfrorenheit! Meier bebte. Der Richter stellte sich dann die Frage, ob Meier zufällig gerade neben dem Fenster der Bäckerei gestanden habe, als er das Hörnchen kostete, worauf Meier schnell ja sagte, und der Richter, er sprach immer noch mehr zu sich selbst als zu Meier, sagte, dass gerade, als Meier in das Gebäck neben dem Bäckereifenster biss, das Bild gemacht und dann veröffentlicht worden sei, und, als ob ihm dieser Gedanke jetzt erst gekommen wäre, wollte er nun wissen, was daran so tragisch sei, wobei er das Wort tragisch betonte, als ob er, der Richter, es überhaupt nicht tragisch fände, und Meier beeilte sich, dem Richter klarzumachen, dass er zahlreiche Telefonanrufe von Leuten erhalten habe, die ihn daran erinnert hätten, dass im Talmud geschrieben stehe, wenn eine Person auf der Straße äße, sie nicht besser als ein Hund sei, und Meier legte eine starke Betonung auf das Wort Hund und sprach es aus wie Hind, und sein Gesicht war rot und er schwitzte.

Der Richter fragte ihn, warum er überhaupt auf der Straße gegessen habe, und Meier begann zu stottern und wusste nicht mehr weiter, und dann sagte er, dass er nicht erwartet habe, fotografiert zu werden, und der Richter fragte ihn, ob er gewusst habe, was im Talmud stand, bevor er seinem kulinarischen Vergnügen gefrönt habe, während er auf der Straße ging, und Meier verstand nicht ganz, was der Richter ihn gerade gefragt hatte, und er schüttelte seine Backen ganz wild und sagte, er habe nicht gewusst, dass jemand ein Foto von ihm mache, worauf der Richter sich unvermittelt dem großen Rabbi im blauen Anzug mit dem gelben Aktenordner unter dem linken Arm zuwandte und ihn fragte, ob er die Erlaubnis gehabt habe, die Aufnahme von Meier zu machen, und er redete den Rabbi mit mein Herr an, und der Rabbi mit der randlosen Brille im breiten Gesicht und Abständen zwischen seinen Vorderzähnen grinste und sagte, dass er das Foto nicht gemacht habe, und er sprach den Richter mit Euer Ehren an.

Der Richter wollte wissen, wer das Foto gemacht habe, und der Rabbi erklärte ihm, dass ein Berufsfotograf den Schnappschuss von Meier gemacht habe, und dass dieser Fotograf nicht für den Rabbi arbeitete, dass aber dennoch der Rabbi das Bild veröffentlicht habe, obwohl er Meiers Erlaubnis nicht gehabt habe.

Der Richter fragte dann, wessen Erlaubnis der Rabbi gehabt habe, und der Rabbi sagte, er habe die Erlaubnis des Fotografen gehabt.

Und dann legte der Rabbi dem Richter, indem er ihn Euer Ehren nannte und lächelte und Redewendungen benützte wie mit allem geziemenden Respekt und einiges mehr, gerade noch vor Eurer Hoheit Halt machend, dar, dass sein Blatt sich um Fotografien und Beiträge über jüdisches Leben bemühe und dies seit 94 Jahren tue.

Der Richter wollte wissen, ob der Rabbi seine Theorie über jemanden, der vor dem Passahfest den Sauerteig loswerde, erfunden habe, und der Rabbi grinste und bejahte mit einem weiteren Euer Ehren, und er sagte, dass er auf dieser speziellen Seite 18 mit Meiers Bild eine Kolumne über Feiertagsbräuche und Tradition geschrieben habe. Der Rabbi nahm die Zeitung aus dem gelben Aktendeckel und öffnete sie, hielt sie in der einen Hand und gestikulierte mit der anderen. Der Richter fragte, warum Sauerteig vor dem Passahfest aus dem Haus entfernt werden müsse. Der Rabbi lächelte selbstgefällig und entgegnete, dass das Alte Testament fordere, acht Tage dürfe kein Sauerteig im Haus sein. Der Richter wollte den Grund dafür wissen. Der Rabbi antwortete, in der Bibel stehe, dass der Sauerteig verschwunden sein müsse, weil sie Sklaven in Ägypten gewesen seien. Der Richter war von der Erklärung des Rabbi befriedigt, aber dann begann der Rabbi mit einem weiteren Euer Ehren einen langen Monolog darüber, wie er seine

Zeitung die letzten zehn Jahre als leitender Redakteur geführt habe, wie der Rabbi, wenn der Richter ihm dies zu sagen erlaube, selbst mit dem Recht gut vertraut sei, und dass er wisse, dass jener Abschnitt 3344D des Kalifornischen Gesetzes, und er betonte das »D«, Ausnahmen für Zeitungen erlaube, wenn sie aktuelle Ereignisse veröffentliche. Der Rabbi sagte, dass sein Blatt von dem Bild nicht profitiert habe, dass sie Meier nicht identifiziert hätten, weil sie ja eben nicht gewusst hätten, wer er sei, bis sie verklagt worden waren. Der Mann, der das Bild gemacht habe, sei ein bekannter Berufsfotograf, sagte der Rabbi, jemand, der ein Bild, das jüdisches Leben in West Hollywood illustriere, gesehen habe, den Augenblick ergriff, den Schnappschuss machte und ihn dem B'nai B'rith Anzeiger anbot, der froh gewesen sei, ihn honorarfrei zu veröffentlichen. Der B'nai B'rith Anzeiger, sagte der Rabbi, bemühe sich, als eine Art öffentlicher Dienstleistung, die Gemeinschaft auf dem Laufenden zu halten, und dass der Anzeiger auf der ersten Seite dieser Ausgabe mit Meiers Foto einen Beitrag von jemandem abgedruckt habe, der sich ebenfalls freiwillig angeboten habe, einen Artikel über jüdisches Leben mit dem Titel: GRÜSSE NACH ISRAEL zu schreiben. Und der Rabbi grinste.

Meier, der gewundenen Erklärungen des Rabbi, die er kaum begriffen hatte, überdrüssig, sprach nun den Richter mit demselben respektvollen Titel an, den er den Rabbi benützen gehört hatte, er nannte ihn Euer Ehren, es kam allerdings heraus wie Eier Herren, und teilte ihm mit, dass ihn hier in der Stadt jedermann kenne, und dass er überall wohl bekannt sei, und der Richter stand der Sache skeptisch gegenüber und fragte ihn, ob ihn tatsächlich jedermann kenne, und Meier beharrte auf jedermann, und der Richter sagte dann, dass er – und er betonte *er* – ihn nicht kenne, und Meier wurde ein wenig verlegen und schmunzelte ein wenig und lachte ein bisschen, und der Richter versicherte ihm, er habe ihn niemals vorher gesehen, und Meier sagte, er wäre sich da nicht so sicher, aber einer Sache wäre er sich ganz gewiss sicher, nämlich dass man sich über ihn lustig gemacht habe, und dies wiederholte er so oft, dass der Richter ihn schließlich bat, ihm zu sagen, wer sich im Besonderen über ihn lustig gemacht habe, und er fragte ihn zweimal, und Meier redete weiter, dass jedermann über ihn lache, und als der Richter ihn um ein Beispiel bat, ihm auch nur eine Person zu nennen, die sich über ihn lustig gemacht habe, und Meier wiederholte, was der Richter ihn gefragt hatte, als Frage, als ob er für sich selbst darüber grübele, welche Person es gewesen sein mochte, die sich über ihn lustig gemacht habe, und der Richter bestand auf dem Namen einer Person, und Meier fuhr fort, dass eine Menge von Personen sich über ihn lustig gemacht hätten, und der Richter beharrte immer noch auf dem Namen einer solchen Person, und Meier sagte, dass viele Leute ihn angerufen hätten, und als der Richter, nun schon am Ende seiner Geduld, mit dröhnender Stimme verlangte, Meier solle ihm nur einen Namen nennen, nur einen einzigen, rückte Meier schließlich mit Kantor Goldfisch heraus. Kantor Goldfisch, sagte Meier, habe ihn angerufen und ihm erzählt, dass alle über ihn lachten. Meier sagte, Kantor Goldfisch habe bei ihm angerufen und ihm mitgeteilt, dass sich alle in seiner Gemeinde über das Bild geäußert und dazu bemerkt hätten, er sähe aus wie ein Schwein. Nach dem Wort Schwein musste Meier einhalten und tief Atem holen. Und dann versuchte er weiter fortzufahren, aber der Richter unterbrach ihn und sagte, er könne nicht glauben, dass Leute gesagt hätten, er sähe aus wie ein Schwein, denn für ihn, den Richter, und dabei beugte der Richter sich vor, um Meier genauer zu betrachten, für ihn, sagte der Richter, sähe er überhaupt nicht aus wie ein Schwein, und obwohl Meier nun ungeduldig war, weil er doch noch mehr sagen wollte, lächelte er beflissen, riss sich zusammen und setzte rasch sein ernstes Gesicht wieder auf, doch der Richter wiederholte immer noch, dass Meier ganz und gar nicht wie ein Schwein aussähe. Weder auf dem Bild, und er deutete auf das Bild in der Zeitung vor sich, auf die obere Hälfte Meier in Hemdsärmeln, die Kippa auf dem Kopf, die Hälfte des Hörnchens im offenen Mund, noch in Wirklichkeit, und er lächelte gütig, und da begann Meier, der schon ganz verzweifelt versuchte hervorzubringen, was er auf dem Herzen hatte, den Kopf wie wild hin und her zu schütteln, als wollte er sagen, nein, nein, bitte hören Sie doch auf zu reden, ich bin dran, und dann platzte Meier schließlich heraus, dass die Deutschen in den Konzentrationslagern sich über ihn so lustig gemacht hätten, dass es ihm für den Rest seines Lebens reichte, und dass er niemals geglaubt hätte, in Amerika wieder eine solche Verspottung erdulden zu müssen.

Er war jetzt heiser, völlig außer Atem und sah finster drein und hatte in seiner Aufregung vergessen, Euer Ehren zu sagen.

Inzwischen hatte der Rabbi mit einem kaum merklichen Zögern den Arm erhoben, und der Richter wendete sich ihm zu und fragte ihn, ob er ihm noch etwas zu sagen habe, und der Rabbi sagte, allerdings, und er sagte Euer Ehren, und der Richter bat ihn, sich kurz zu fassen. Und da kam Meier der Gedanke, dass dem Richter der mächtige Rabbi vielleicht nicht so sympathisch war, und es wurde ihm leichter ums Herz, und er brachte seine Backen zur Ruhe.

Der Rabbi fing an und sagte, dass sein Blatt nicht einmal die Person identifiziert habe, dass sie überhaupt nicht gewusst hätten, wer er war, dass er seit zehn Jahren Herausgeber der Zeitung und in der Gemeinde tätig sei, und, ganz ehrlich, dass er nicht wusste, wer Meier ist, bis dieser sie verklagte. Und daher, sagte der Rabbi mit seinem blöden Lächeln, sei Meiers Behauptung, wohl bekannt und folglich durch die Bloßstellung in Verlegenheit gebracht worden zu sein, wirklich absurd.

Der Richter fragte Meier nun, ob er noch etwas zu sagen wünsche, und Meier sagte leise und irgendwie niedergeschlagen, das wär's, er habe nichts mehr hinzuzufügen, und er setzte rasch ein Euer Ehren hinzu, nur klang es wie Eier Herren. Der Richter sagte, er wolle jetzt kurz unterbrechen und anschließend seine Entscheidung bekannt geben.

Musik, wie man sie in spannenden Krimis hört, und wieder die sanfte Stimme begleitet von gedämpften Klängen, die Stimme, die uns fragte, ob wir entschieden hätten, wie wir in diesem Streit urteilen würden, und ob wir mit dem Kläger oder dem Beklagten übereinstimmen würden, und dann sagte die Stimme, dass man sich gleich wiedersehen würde, im Schiedsgericht, nach ... und verlor sich, und die Werbung kam, und Sophie in ihrem grünen Ledersessel vor dem Fernseher zupfte an ihren Nagelhäutchen herum und machte eine sorgenvolle Miene und fragte mich, ob es klug von Meier gewesen war, im Fernsehen aufzutreten, dass er ihr nämlich lächerlich vorkam, und dass mit Sicherheit das ganze Land das Programm anschaue, und dass jetzt jeder über ihren Mann redete, und was er sich eigentlich gedacht habe, was er damit erreiche? Und sie fluchte auf Friedman, der ihn zu dieser bösen Geschichte überredet hatte. Genau in dem Augenblick läutete das Telefon und es war Kantor Goldfisch, der verkündete, dass er das Ereignis auf Band aufzeichne und Meier so viele Kopien haben könne, wie er wolle. Sophie legte auf, die Werbung war vorbei.

Der Richter schritt wieder in den Gerichtssaal, alle standen auf, und der Richter setzte sich. Er erklärte, es sei ganz offensichtlich, dass das Bild des Klägers ohne seine Erlaubnis verwendet worden war. Hier nickte Meier zufrieden. Der Beklagte habe das Bild verwendet, fuhr der Richter fort, und es in seine Zeitung gesetzt. Wieder nickte Meier. Was der Richter gesagt hatte, war schließlich die Wahrheit, waren einfach die Tatsachen, und so stellte der Richter sie dar, ohne Emotion. Dennoch, nachdem der Richter das schlicht und klar ausgedrückt hatte, stellte der Richter nicht fest, dass der Beklagte dem Kläger gegenüber Schadenersatz schulde. Er frage sich nur, sagte der Richter, ob er ihn schulde, und dies wiederum verwunderte Meier und es machte ihn auch stutzig, ein klein bisschen. Sophie in ihrem Ledersessel störte es nicht mehr oder weniger, als es sie bereits vorher gestört hatte, weil sie weder Wörter wie schadenersatzschuldig begriff noch Beklagter und Klageführender voneinander unterscheiden konnte.

Der Richter sagte, dass tatsächlicher Schaden nicht bewiesen werden müsse und dass gemäß Absatz 3344, wie schon erwähnt, der Kläger einen Anspruch auf eine Mindestsumme von 750 Dollar habe. Meiers Miene erhellte sich einen Augenblick. Geld war erwähnt worden, er hatte seinen Fall gewonnen, wenn auch 750 Dollar nicht im Geringsten in die Nähe der Summe kam, die er gefordert hatte. Dennoch, war es nicht besser als gar nichts? Und während Meier über einem Haufen von 750 Dollar schwebte, sagte der Richter etwas über tatsächlichen Schaden. Hatte Meier die Betonung auf dem Wort »tatsächlich« bemerkt, oder waren nur Schaden und Dollar registriert worden und in seinem Kopf haften geblieben und alles andere ausradiert? Der Fall ist gewonnen, dachte er.

Der Richter schluckte. Er sagte, dass der Beklagte hervorgehoben hatte, der Absatz 3344D besage, dass für die Zwecke dieses Absatzes, die Verwendung eines Namens, einer Stimme, einer Unterschrift, einer Fotografie oder von Ähnlichem im Zusammenhang mit irgendeiner Nachricht, einer öffentlichen Angelegenheit und so weiter und so weiter, nicht eine Verwendung darstelle, für die Einverständnis nach Unterabteilung A erforderlich sei. Meier schwirrte der

Kopf von Absätzen und Unterabteilungen und Ziffern. Er blickte hilflos drein. Der Richter sagte, es sei daher nahe liegend, dass der Beklagte laut diesem Absatz nicht haftbar sei. Hatte Meier das Wort »nicht« überhört? Sei oder nicht sei, Meier war siegesgewiss, und weil er das ganze Zeug über Absätze und Unterabteilungen nicht verstanden hatte, und das Wort »darstelle« hatte er auch noch nie gehört, blickte er noch zuversichtlich geradeaus. Doch plagte ihn gleichzeitig ein nagendes Gefühl, dass, was auch immer der Richter gerade gesagt hatte, nicht unbedingt zu Meiers Vorteil war. Die 750 Dollar, vor kaum einer Minute in seiner Reichweite, trieben plötzlich, als der Richter zu dem Schluss kam, dass dieser Fall, Meiers Fall, und er nannte Meier mein Herr, niemals vor Gericht hätte gebracht werden dürfen, sie trieben davon wie Herbstblätter im Sturm. Und dann sagte der Richter, er entscheide zugunsten des Beklagten und schlug mit dem Hammer auf. Und Sophie, in ihrem grünen Ledersessel vor dem Fernseher, fragte, was ist jetzt?

Ein ehrlicher Kerl

Wisst ihr, als ich 1969 aus Deutschland hier in dieser Stadt ankam, war ich, ja, man könnte mich so bezeichnen, eine jugendliche Verbrecherin, eine Straffällige, das gebe ich heute zu, doch im Grunde genommen finde ich, dass ich ein ehrlicher Kerl bin. Damals hatte ich halt kein Geld, was sollte ich tun? Ich hatte kostenlose Unterkunft und Verpflegung bei einer Freundin meiner Mutter, der verwitweten Zescha aus Polen, und ihrer Haushälterin, einer Connie, die einen langen schwarzen Zopf trug und wie eine Indianerin aussah. Sie war eine Halbindianerin mütterlicherseits und bewohnte ein Zimmer in der Garage hinter Zeschas mexikanischem Haus im jüdischen Fairfax-Viertel. Obwohl Zescha ihre Haushälterin liebevoll Connischi und Connuschi rief, wollte sie kein einziges ihrer drei Badezimmer mit ihr teilen und hatte deshalb in der Garage eine Toilette und eine Dusche einbauen lassen. Ich aber durfte im Haus wohnen und alle Toiletten benützen, weil ich ein jüdisches Schäflein war, sagte Zescha.

Nun, meine Mutter hatte sich gedacht, sie könnte

mich einfach in Kalifornien bei Zescha unterbringen und alles andere würde sich schon irgendwie ergeben. Hier, in Amerika, würde Zescha oder irgendjemand anderer einen jüdischen Mann für mich auftreiben, oder ein Hollywood-Filmproduzent würde mich sogar entdecken.

Wie gesagt, meine Mutter setzte mich bei Zescha ab, ein bisschen Taschengeld gab sie mir auch, und nach ein paar Tagen flog sie mit United Airlines nach New York zu einer Privataudienz mit dem Lubawitscher Rabbi. Welch eine Ehre das war, das kann ich euch gar nicht beschreiben, dass der alte berühmte Rabbiner ein paar Sätze zu ihr sprechen würde, vor ihrer Eheschließung mit diesem engstirnigen Ekel von einem Mann mit krummen Zähnen und Eidechsenaugen, dem frommen Witwer aus der Stadt meines gottseligen Vaters.

Gut. Hier war ich jetzt, in Amerika, in der Nähe von Hollywood, dem Filmzentrum der Welt. Jüdische Männer sollte es in Mengen geben. Doch ich sah niemanden. Die Gehsteige waren leer, und ich hatte kein Auto.

Zescha sagte, das Wichtigste im Leben sei das Essen. Im Lager, sagte sie, mochten sie die Aufseherinnen, weil sie dick war und ein hübsches rundes Gesicht hatte. Hier kommt die Dicke, hätten sie gesagt und ihr zugewinkt. Aber ich dachte, ihr habt gehungert, sagte ich zu Zescha. Es war ihr peinlich, dass sie nicht gehungert hatte.

Sie stand von früh bis spät am Herd, und sie sagte, iss, mein Schäflein, mein Leben, mein Schatz, und ich aß alles auf, und Connie räumte den Tisch ab und spülte das Geschirr. Das Einzige, das ich noch mehr liebte als Zeschas Küche und Zeschas Fernsehapparat, war mein kleines Transistorradio. Aber schließlich waren die Batterien leer und Geld hatte ich auch keins mehr, und da machte ich mich auf den Weg zum Drugstore in der Nachbarschaft, um mir dort ein paar Batterien in die Tasche zu stecken und, also, das machte ich mehrmals, bis eines schönen Tages, als ich gerade die Batterien und ein paar andere Dinge in meiner Tasche verstaut hatte, ein junger Mann mit Glatze in einem grauen Anzug auf mich zukam und sagte, ah, entschuldigen Sie bitte, gnädige Frau, würden Sie bitte beiseite treten, ah, und darf ich fragen, was Sie da in Ihrer Tasche haben, könnte ich bitte nachsehen, was da drin ist, und ich stand da stocksteif mit pochendem Herzen und sagte, bitte tun Sie mir nichts, und er sagte sofort, er werde mich verhaften lassen, dass er sofort die Polizei anrufen werde, und schon schlossen sich Handschellen um meine Gelenke, und ich war verloren und, um Gottes willen, wenn mich nur keiner sieht, jemand, der mich kennt, Zescha aus der Stadt meiner Mutter, Connie, die es Zescha erzählen würde, mein Onkel, die Cousins, die Tante, die wohnen doch alle in dieser Gegend, die Freunde meiner Eltern aus Polen, alle Überlebenden, um Gottes willen, wenn die mich mit Handschellen sehen, lieber tot umfallen, bitte, lieber Gott, mach, dass mich kein Mensch aus Polen oder Ungarn so sieht, bitte. Ich flehte den Sicherheitsposten an, ich sagte, das ist mir so peinlich, bitte, müssen Sie unbedingt diese Handschellen anlegen, ich verspreche Ihnen, ich werde mich nicht vom Fleck rühren, und der Sicherheitspolizist murmelte ein Okay und zog einen Pullover vom Regal und legte ihn über die Handschellen, und da stand ich nun beim Vordereingang des Geschäfts, dort, wo sie die Kaugummipäckchen und die Rasierklingen neben den Fernsehprogrammheften haben, und er telefonierte, und ich wollte in den Boden versinken, und schon hielt ein schwarz-weißer Polizeiwagen mit roten und blauen Lichtern vor dem Drugstore an und zwei bewaffnete Polizisten in schwarzer Uniform kamen auf mich zu, sagten etwas zu dem Sicherheitspolizisten, und ich flehte sie an, mich freizulassen, versprach, es nie mehr wieder zu tun, dass ich Angst vor der Polizei hätte, sagte ich, furchtbare Angst, weil meine Eltern nämlich Holocaust-Überlebende seien, und Verhaftung, so etwas könne ich nicht ertragen, da hielten sie bereits meine Tasche und ich solle gefälligst kein Aufsehen erregen, einfach mitkommen, und schon saß ich im Polizeiwagen, und draußen standen die Leute und starrten.

Der Wagen fuhr los, und ich sagte zu den zwei Polizisten vorne, dass ich ein ehrlicher Mensch sei und dass ich die Batterien nur gestohlen hätte, weil mir das nötige Geld fehlte, und einer der Polizisten sagte, er könne nichts für mich tun, und der andere, als wir vor dem Gefängnis anhielten, sagte, er hätte mich laufen lassen, weil ich ihm gefiel, besonders meine Augen, und es ihm deshalb nicht schwer gefallen wäre, mich laufen zu lassen, doch leider ließe sich da nichts machen, sein Kollege hätte da auch noch etwas mitzureden, es käme nicht nur auf ihn an. Sorry. Und ich landete in einer Zelle mit Huren und Dieben und jeder Sorte von Gesindel, und jetzt konnte ich mich nicht an die Telefonnummer meines Schwagers erinnern, sie stand nicht im Telefonbuch, ich hatte die Nummer total vergessen, die Telefonnummer meiner Schwester, ihre Privatnummer, was war's doch gleich, ich zerbrach mir den Kopf, er war Rechtsanwalt, der Mann meiner Schwester, und was war denn die Nummer, um Gottes willen, ich war gefangen, ich würde hier verrecken, welch eine Schande, und nicht mal meine Kontaktlinsen hab ich dabei, das dachte ich noch, und ich versuchte mich zu konzentrieren, 343-37, nein, 343-3, nein, 343-3982. Ich hatte es. Zehn Cent, meine Schwester hob den Hörer ab und sie sagte Hallo, und ich sagte Hallo, und sie fragte mich, wo ich sei, das fragte sie stets, wenn ich sie anrief, wo bist du, immer fragte sie das, ich bin im Gefängnis, schrie ich, du musst mich hier rausholen, George soll kommen und mich holen, schrie ich. Um Gottes willen, sagte meine Schwester, und dass sie gerade ihr Baby stillte und George schon im Schlafanzug war und im Badezimmer seine Zähne putzte, und George sagte ganz sicher, verdammt, als sie es ihm erzählte, später, nachdem ich schon weinend den Hörer hingeknallt hatte. Dann kam eine Riesenfrau in die Zelle, und die sagte zu mir, meine Süße, du ziehst dich jetzt aus, mach dich fertig, du wirst gewaschen und durchsucht, und das war mir so peinlich, ich dachte, lieber tot sein, und das sagte ich auch, und die Frau sagte, ich solle mich nicht so anstellen, und ich sagte zu dieser Frau, dass mein Schwager, mein Schwager, der Rechtsanwalt, sofort erscheinen und dass ich mich nicht ausziehen würde, auf keinen Fall, denn mein Schwager, der Rechtsanwalt, würde kommen, und ich saß da, schweißgebadet vor Angst, dass mein Schwager mich im Stich lassen könnte und dass ich den Rest der Nacht in der Gefängniszelle verbringen würde und die Riesenfrau mich ausziehen, durchsuchen und waschen würde. Aber dazu kam es nicht, denn plötzlich erschien eine zweite Riesenfrau und sie verkündete, dass jemand gekommen sei, mich abzuholen, und da schrie ich förmlich, Gott sei Dank, und ich durfte die Zelle verlassen, und da stand mein Schwager im Gang, o-beinig in seiner braunen Hose aus Polyester und einem grün-gelb karierten Anorak, und er schüttelte missbilligend seinen Kopf, so als ob er sagen wollte, was hast du jetzt wieder angestellt, was hast du dir dabei gedacht, und schon hielt er mir eine Strafpredigt. Ich jedoch entschuldigte mich auf der Stelle, wonach er seine Unterschrift auf ein Formular setzte, und ich war frei, vorläufig, sagte er, und da war es bereits nach Mitternacht, und im Auto blickte er mich nicht an, er starrte auf den Boden, und er sagte langsam und deutlich, weißt du was, du hast einen schlechten Charakter, und er setzte mich vor Zeschas mexikanischem Haus ab und fuhr nach Hause, und wahrscheinlich sagte er später zu meiner Schwester auch etwas über meinen schlechten Charakter. Doch am folgenden Tag fuhr er in seinem guten blauen Anzug zum Sav-On Drugstore Ecke Dritte Straße und Fairfax und sprach dort mit dem Manager. Tochter Überlebender, erklärte er. Vater und Mutter waren im Konzentrationslager, erzählte er. Ob man nicht Verständnis für meine Lage aufbringen könnte, fragte er, mein Schwager. Man solle in Erwägung ziehen, betonte er, dass die Mehrzahl der Kunden dieses Geschäfts jüdische Einwanderer waren, und wie würde es aussehen, fragte mein Schwager, sollten die alten Juden in der Zeitung lesen, dass Sav-On Drugs ein armes jüdisches Mädchen, Tochter von Holocaust-Überlebenden, des Diebstahls beschuldigt habe, nein, sagte George, das sei keine gute Reklame für das Geschäft, und der Manager bat um ein wenig Zeit, um sich die Sache zu überlegen, und nach zwei Wochen zogen sie die Klage zurück.

Einen Monat später hatte ich einen Termin im Gericht. Mein Schwager sagte, ich solle einen Rock anziehen und außer Ja und Nein meinen Mund halten. Wir waren die Ersten. Die Richterin sah aus wie Elizabeth Taylor. Sie beugte sich vor in ihrem braunen Ledersessel und sagte meinen Namen und zählte der Reihe nach auf, was ich alles gestohlen hatte, Batterien und Socken und T-Shirts und Shampoo und Haarfestiger, und da rief mein Schwager plötzlich, Elizabeth, du lieber Gott, Elizabeth, sagte er, erinnerst du dich nicht an mich? Und Elizabeth, natürlich erinnerte sie sich an ihn. Sie kannten sich von irgendwoher. Und Elizabeth bat mich, ihr zu versprechen, dass ich nie wieder stehlen würde, und ich sagte, ja, Euer Ehren, und dass es mir Leid täte und dass ich niemals zuvor gestohlen hätte und es nie wieder tun würde, dass ich wirklich ein sehr ehrlicher Mensch sei, da sagte Elizabeth, die Klage sei abgewiesen.

Einen Monat später wurde ich als Bedienung in einem Biergarten in Silverlake angestellt, und mit meinem ersten Gehalt kaufte ich meinem Schwager ein T-Shirt, auf dem steht: »Wer den Richter gut kennt, muss mit dem Justizwesen nicht so gut vertraut sein.«

Tante Ettu

Darling, der Arzt versteht mich nicht, sagte Tante Ettu am Telefon. Was ist das für ein Arzt, fragte ich, ist er ein Spezialist? Nein, sagte sie, er ist ein Mann aus China, sagte sie, in der Schmerzabteilung der Universitätsklinik. Dort sind nur Chinesen, sagte sie. Ich fragte sie, ob sie dem chinesischen Arzt von ihrer Vergangenheit erzählt habe. Nein, sagte sie, aber er verschreibt mir Tabletten. Ich habe einen neuen Termin, sagte sie, nächsten Montag. Vielleicht kommst du mit, sagte sie und kicherte verlegen, du verstehst doch alles viel besser als ich. Onkel Nathan wird dir erklären, wo es ist, sagte sie, und gleich schrie sie Naaaaathan, und dass er mir Name, Adresse und Telefonnummer des Arztes geben solle, viermal schrie sie das alles, Onkel Nathan war doch schwerhörig. Onkel Nathan brummte, und ich kritzelte rasch, und schon sagte er, hier ist meine Frau wieder, so nannte er sie immer, meine Frau sagte er anstatt Tante Ettu, und schon schrie er Eeeeeeeetu, weil er doch schwerhörig war.

Tante Ettu, sagte ich zu ihr, Tante Ettu, wir sehen uns also nächsten Montag.

Wunderbar, mein Liebling, sagte sie.

Tante, sagte ich, und sie sagte, ja, mein Liebling.

Die Krautwickel, sagte ich, die Krautwickel, die du mir letzte Woche nach Hause mitgegeben hast, die schmeckten so gut. Ich kann sie nicht so zubereiten wie du. Du musst es mir beibringen.

Mein Liebling, sagte sie, ich hab dir doch schon so oft erklärt, es ist zu viel Arbeit.

Ich weiß, du sagst das immer, sagte ich, erkläre mir doch einfach, wie du sie zubereitest, bitte, sagte ich. Ich brauche genaue Anweisungen, Tante, sagte ich.

Liebling, sagte sie, du schneidest das Innere des Krautkopfs heraus, wirfst es weg, und du gibst den Krautkopf in kochendes Wasser, nur für ein paar Minuten, damit er weich genug ist, um die Blätter lösen zu können, du weißt schon.

Natürlich weiß ich das, sagte ich.

Du nimmst Öl, sagte sie, Zwiebel, lass sie nicht braun werden.

Ich weiß, Tante, sagte ich, ich weiß die Grundregeln.

Lass sie nicht braun werden, sagte sie, presse Knoblauch hinein.

Aber das alles weiß ich doch bereits, Tante, sagte ich. Du presst den Knoblauch hinein, sagte sie.

Tante, sagte ich, du hast mir diese Anweisungen schon ein paar Mal gegeben und ich habe sie befolgt, und trotzdem sind meine Krautwickel hart und deine weich und locker. Wie kommt das?

Vielleicht hast du nicht genügend Öl genommen, sagte sie.

Ich sagte, ich muss beobachten, wie du das machst.

Vor Purim werde ich sie nicht zubereiten, sagte Tante, es macht zu viel Arbeit, und dann das Geschirr! Letztes Mal kochte ich sogar extra welche für meine Schwiegertöchter. Die brauchen die Krautwickel für ihre Partys. Jeder liebt meine Krautwickel. Du bist nicht die Einzige. Eingefroren habe ich noch zehn, sagte sie, bis nach Neujahr mache ich keine mehr.

So lang kann ich nicht warten, sagte ich.

Liebling, sagte sie, ich habe dir doch angeboten, zu dir nach Hause zu kommen und dir zu zeigen, wie man es macht. Das wäre am besten. Sonst musst du eben Geduld haben. Aber Tante, ist es nicht bequemer für dich in deiner eigenen Küche mit deinen Töpfen und Utensilien, sagte ich.

Nein, sagte sie, es macht mir nichts aus. Und dann sagte sie, was für Fleisch kaufst du? Koscher?

Nein, sagte ich, normales, durchgedrehtes Fleisch.

Dann liegt es an dem Fleisch, sagte sie.

Es ist gutes Rindfleisch, sagte ich.

Aber es ist doch nicht koscher, sagte sie, koscher ist es am besten. Wenn du kein koscheres Fleisch besorgst, kann ich nicht zu dir kommen, um dir zu zeigen, wie man Krautwickel macht. Fleisch, was nicht koscher ist, möchte ich nicht anrühren.

Tante, rege dich nicht gleich auf, sagte ich, aber dann gab ich mich geschlagen. Ich werde koscheres Fleisch kaufen, versprach ich ihr. Welches Stück vom Rind soll ich kaufen?

Ich kaufe immer das Lendenstück, das Filet, sagte sie, das Beste, und ich lasse es viermal durchdrehen.

Letztes Mal, sagte sie, hatte er keine Zeit, der Metzger, er drehte es nur dreimal durch, einmal weniger als gewöhnlich, aber normalerweise bestehe ich darauf, dass er es viermal durchdreht, und ich stehe dabei und sehe zu, wie er es tut. Liebling, was glaubst du überhaupt, es kommt manchmal vor, dass ich im Metzgerladen zwei Stunden herumstehe und warte, bis er andere Kunden für durchgedrehtes Fleisch hat, damit es sich für ihn lohnt, mein Pfund Fleisch viermal durch den Fleischwolf zu drehen. Sonst würde ich das Fleisch überhaupt nicht essen können, was glaubst du denn, sagte sie, es muss viermal durchgedreht sein und ...

Hör endlich mit dem Unsinn auf, brüllte Onkel Nathan ins Telefon. Zu mir sagte er, bis nächsten Montag, meine Liebe, jetzt legt endlich auf.

Eine Woche später, als ich um 9 Uhr in Dr. Chong Hongs Praxis ankam, saß ein in sich zusammengesackter Onkel Nathan in einem der sandfarbenen Sessel, in tiefem Schlaf, seine graue Schirmmütze im Schoß, und Tante Ettu sah fern, Regis Philbin und Kathie Lee auf Kanal 7. Regis und Kathie waren überall im Raum, man roch förmlich ihr Parfüm und sein Aftershave, ihr Haarspray. Das Wartezimmer war voller Kathie, und für Tante war Kathie ein bewundernswertes Geschöpf, ihr blondes Haar, ihre Figur, der Schmuck, die Kleidung, so wie Kathie wollte Tante sein. Außer Kathie und Regis war niemand da. Bei der Anmeldung nahm ich mir ein Visitenkärtchen. Dein Arzt ist ein außerordentlicher Professor und Mitdirektor der Schmerzabteilung, das ist beeindruckend, sagte ich zu den blauen Augen unter dem bauschigen schwarzen Schlapphut. So modisch. Die Tante war früher schöner gewesen als die zurechtgemachte Kathie Lee, schöner als alle anderen. Sie fragte, was ein außerordentlicher Professor und das Übrige sei, und ich sagte, er ist ein Spezialist in Schmerzbehandlung, und obendrein unterrichtet er noch andere Mediziner, und darauf sagte Tante Ettu, das ist das, was ich brauche, Liebling, ein Spezialist, denn keiner glaubt mir und jeder denkt, ich übertreibe. Ihr Termin war um 9.15 Uhr. Ich setzte mich neben sie. Sie trug weiße Adidas und Stützstrümpfe. Sie fing an, zwischen den Behältern, Fläschchen und Dosen voller pastellfarbenen Pastillen, Kapseln und Tabletten in ihrer schwarzen Plastiktasche zu wühlen, und sie zog Papierfetzen aus den Fächern ihres blauen Nylonportemonnaies, Schnipsel mit Namen von Medikamenten, die sie eingenommen hatte, Pillen, die ihr nicht bekommen waren, Tabletten mit lästigen Nebenwirkungen. Sie hielt sie mir unter die Nase und fragte, was draufstünde. Ich schwitze Tag und Nacht, sagte sie. Sie erkundigte sich nach Georges Prostata, und, ohne auf eine Antwort zu warten, sagte sie, sorg dich nicht, es ist bestimmt kein Krebs. Ihm fehlt nichts, du wirst sehen. Du bist jung, sagte sie, er ist jung, als ich jung war, war ich gesund wie ein Pferd. 60 ist nicht so jung, sagte ich, aber Tante Ettu lachte nur und sagte, was redest du, er ist jung. Sie klagte über einen Ausschlag unter ihren Brüsten, von all dem Schweiß. Sie sagte, ich habe Schmerzen in der Vagina, Schmerzen in den Füßen, und alle Medikamente haben Nebenwirkungen. Was glaubst du, warum ich so schwitze? Schlafen kann ich auch nicht, jammerte sie, ich bin zu nervös, Schweiß rinnt mir von der Stirn, fass an, sagte sie, ihr Haar war nass. Mit der Diät war es ganz vorbei, sagte sie. Ein Jahr zuvor, nach ihrer Knieoperation, hatte sie 20 Pfund abgenommen. Und das verdankte sie Gittie Feingold, einer Diätetikerin in Tantes Nachbarschaft. Tante war jede Woche regelmäßig zu Gitties Versammlungen nach Hause gegangen, wo ihr die freundschaftliche Verbundenheit der Fetten Balsam für die Seele gewesen war. Und gekostet hatte es nicht viel. Nur 110 Dollar für die erste Visite der Fett- und Gewichtsfeststellung, und die darauf folgenden Visiten haben nur einen Dollar gekostet, und diejenige mit der höchsten wöchentlichen Gewichtabnahme kassierte die Dollar der Übrigen. Onkel Nathan hatte sich ausgerechnet, dass, sollte die Tante allwöchentlich einen Betrag von 9 Dollar kassieren, was 36 Dollar monatlich ausmachte, würde seine ursprüngliche Geldanlage für das Abnehmen innerhalb eines Jahres einen vierfachen Gewinn erzielen. Die finanzielle Belohnung hatte Tante angetrieben. Die Pfunde waren von ihr gewichen, das Geld hatte sie kassiert, Thunfisch hatte sie satt, sie hatte wieder zugenommen. Wie sollte sie einen Kiddusch, einen Kondolenzbesuch, eine Beschneidung genießen, ohne eine Kleinigkeit zu sich zu nehmen. Was denkst du überhaupt, sagte sie zu mir. Sie liebte es zu essen, sollte sie etwa einen Kuchen mit Sahne stehen lassen? Ihr Hausarzt hatte Metamucil mit Orangengeschmack als Vorbeugungsmittel gegen Verstopfung vorgeschlagen. Es hilft, sagte sie, aber jetzt brennt es beim Pipimachen, und manchmal sogar schon vorher und auch danach. Vielleicht ist es von der Metamusik, sagte sie zu mir. Ich sagte, Metamucil hat Zitronensäure, es könnte dir schaden in deinem Zustand. Tante sah besorgt drein. Stell dir vor, sagte sie, Onkel musste mich zur Notaufnahme bringen. Ja, um Mitternacht des vorhergehenden Freitags war sie im Zedern-von-Sinai-Hospital gewesen. Ein Stechen im Rücken hatte sie aufgeweckt. Sie hatte Onkel Nathan aus dem Schlaf gerüttelt. Er hatte sie im alten Cadillac ins Krankenhaus gefahren. Schuld an dem Ganzen gab sie Dr. Hamburgers Laufband. Bei ihrer letzten Visite hatte sie ihm beweisen wollen, sich hervortun eigentlich, wie schnell sie laufen konnte mit dem neuen Kniegelenk im rechten Bein. Und in ihrer Gluthitze hatte sie vergessen, dass sie niemals so schnell lief, ja förmlich gerast war sie auf dem Laufband, ach, wäre sie doch nur vernünftig gewesen, dann hätte sie Onkel Nathan nicht mitten in der Nacht aufwecken müssen, er war schließlich nicht mehr der Jüngste, schau ihn dir an, sagte sie, wie er hier im Sessel liegt und schnarcht, ganz erschöpft ist er, von einem Doktor zum anderen, sagte sie, schau ihn dir an, 86 Jahre alt, ihr Gewissen plagte sie, was hätte sie tun sollen mitten in der Nacht, sie dachte, sie sei am Sterben. Man hatte ihr Morphium und Anweisungen gegeben und sie nach Hause geschickt. Der Schmerz ging vorbei. Sie zeigte mir ein Blatt. Was steht drauf, fragte sie. Ich las ihr vor. Genau das hat mir meine Schwester auch gesagt, sie ist gebildet, sagte sie, man hat sie hier in die Schule geschickt, sie hat ein High-School-Abschlusszeugnis, sie versteht alles. Dann sagte Tante Ettu, sie habe im

Fernsehen in der Ofra-Show, damit meinte sie Oprah Winfrey, Frauen mit zwei Vaginas gesehen, die sich hervortaten mit ihren vielfachen Orgasmen, und dann wieder Frauen, die noch nie einen Orgasmus hatten und deren Männer weggelaufen waren zu Weibern, welche sich sexuell befriedigen ließen, und sie redete über vaginale Befeuchtigungsmittel und über Hormonstörungen, und sie fragte mich, ob ich Freude am Geschlechtsverkehr hätte. Es war 10 Uhr. Auf Kanal 7 verabschiedeten sich Regis und Kathie Lee und wünschten uns einen schönen Tag. Vom Gang rief eine Blonde in weißem Kittel mit aufgesticktem blauem *Liz* Tantes Namen. Sie wäre Dr. Hongs Assistentin, sagte sie. Wir ließen Onkel Nathan im Sessel zurück und folgten Liz. Ich nahm sie beiseite, meine Tante kann weder lesen noch schreiben, sagte ich, man müsse ihr alles langsam und schlicht erklären. Bitte sagen Sie es dem Arzt, bat ich sie. Ein Sprechzimmer wurde uns zugewiesen. Tante nahm Platz, stopfte den Hut in die schwarze Plastiktasche, machte die Knöpfe ihrer Jacke auf, zog das warme Unterhemd über den Kopf und saß da in ihrem enormen weißen Büstenhalter. Sie sorgte sich um ihren Blutdruck, sagte sie. Ich messe ihn jede Stunde, sagte sie. Sie hatte einen Messer wie den von der Apotheke in Ralphs Supermarkt. Wenn es ihr langweilig war, maß sie den ganzen Tag. Quietschende Gummisohlen auf dem Linoleum, ein Schubs von der Tante, der Mann aus China, flüsterte sie. Wong, sagte er, Dr. Wong, Dr. Hong käme gleich. Doktor Wong, ich habe Schmerzen, ertönte Tante. Ich weiß, Ettu, sagte er sofort, und nüchtern fügte er hinzu, sie habe DDD, etwas allgemein Verbreitetes, sagte er, ähnlich wie Kellogg's Cornflakes zum Frühstück, jeder hätte das. Und was genau ist DDD, fragte ich. DDD ist Bandscheibenschwund, sagte er zu mir gewandt. Bitte erklären Sie meiner Tante, was das bedeutet, sagte ich. Ettu, sagte Dr. Wong, der Abstand zwischen den Bandscheiben hat sich verringert, wodurch die Bandscheiben kompromittiert werden. Das versteht sie nicht, sagte ich leise. Er wies auf eine elfenbeinfarbene Wirbelsäule, die neben mir von der Decke hing. Er sagte, der Druck der Bandscheiben auf die Nerven verursache die Schmerzen im Rücken und in den Füßen. Dr. Wong beschrieb den Zustand ihrer Bandscheiben, und er meinte, es würde sich nicht bessern, und deshalb würde er ihr ein stärkeres Schmerzmittel verschreiben. Welches Medikament, fragte sie und wühlte zwischen den Behältern in ihrer Tasche. Das Neurontin, sagte er. Ist das nicht ein Beruhigungsmittel für die Nerven, sagte sie. Nein, Ettu, sagte er, es ist nicht gegen Nervosität, sondern für die Nerven, die Nerven, die sich vom Rückgrat bis hin zu den Füßen erstrecken, gegen die Schmerzen in diesen Nerven und nicht gegen Nervosität. Sie sagte, ich dachte, Nerven machen nervös. Er wollte ihr 300 mg verschreiben. Sie getraute sich nicht, so viel einzunehmen. Er sagte, andere nähmen 900 mg. Sie beharrte aber darauf, dass sie nicht so viel einnehmen wollte, sie wiederholte es hartnäckig, und er versicherte ihr ruhig und gelassen, andere nähmen 900 mg. Eine Schwester kam herein und reichte mir einen Fragebogen. Wie sauber war die Praxis und wie höflich das Personal? Wie lange hatte man gewartet? Tante Ettu sagte zu Dr. Wong, der eigentliche Grund, weshalb sie hier war, seien der Schmerz und das Brennen in der Vagina beim Urinieren. Ein bisschen habe es sich zwar gebessert, aber der Schmerz sei noch da. Könnte das etwas mit der Metamusik zu tun haben, fragte sie. Sie nähme jetzt nur noch einen Teelöffel ein statt zwei. Dr. Wong sagte, das könne kaum der Fall sein, in der Regel hatte noch keine seiner Patientinnen eine derartige Reaktion gehabt. Wie viele Metamusik-Leute kennen Sie denn, wollte Tante wissen. Könnten etwa die Tabletten den Schmerz und das Brennen verursacht haben, sagte sie. Sie hatte mehrere Behälter aus der Tasche geholt und sie neben dem Waschbecken aufgestellt. Ihre arthritischen Finger mit den aprikosenfarben lackierten Nägeln waren verbogen und schwielig. Schauen wir mal, sagte Dr. Wong, zog einen Rechner aus der Tasche seines Kittels, und er fing an aufzuzählen, Aspirin, Herztablette, Blutdruckpille, Angsttablette, Cholesterintablette, Schmerztablette, Schlaftablette. Zeigefinger auf den Tasten, kalkulierte er rasch, nein, sagte er, ihre Symptome wären nicht auf die Medikamente zurückzuführen. Tante Ettu sagte zu Dr. Wong, dass, wo sie nun schon da war, sie ihm von Kopf bis Fuß zeigen wolle, wo es überall wehtat. Und schon bückte sie sich und löste den Velcro-Verschluss an ihren Adidas. Sie rollte den Stützstrumpf herunter und streifte die weißen Socken ab und streckte ihren linken Fuß aus. Die Jahrzehnte hatten ihren Körper verwüstet. Dr. Wong hatte ein Telefongespräch und musste hinaus. Wie viel Uhr ist es, fragte sie. Viertel nach zehn, sagte ich. Sie musste ihre Blutdruckpille einnehmen. Ich ging ihr einen Becher Wasser holen. Im Wartezimmer lag das Häuflein Onkel immer noch in tiefem Schlaf. Dr. Wong kehrte zurück und sagte, man könnte es mit einem Epidural zur Linderung der Schmerzen versuchen, eine Spritze, erklärte er, nachdem sie gefragt hatte, was ein Epidural war. Keine Spritze, sagte Tante Ettu. Sie erzählte Dr. Wong von einem Gewächs, das sie vor einigen Jahren im Fuß gehabt hatte, dann ging sie vom Fuß aufwärts zur Vagina, Schmerzen in der Vagina, und im Moment Kopfschmerzen, vielleicht wegen des hohen Blutdrucks, Fußschmerzen beim langen Stehen in der Küche, beim Kochen, beim Geschirrspülen. Und dann landete sie in ihrem Bericht schließlich bei der Notaufnahme des Zedern-von-Sinai-Hospitals vor drei Tagen, angefangen mit Dr. Hamburgers Laufband bis zur Krankenhausentlassung um vier Uhr morgens und der Rückkehr nach Hause. Inzwischen war ich zum Gang hinaus, wo ich Liz eine rasche Zusammenfassung von Tante Ettus Biographie gab. Liz sagte, hier ist der Doktor. Gehen Sie ruhig rein. Er saß gerade mit Dr. Wong über den Akten in seinem Büro. Dr. Hong sah auf, starrte mich kalt durch seine Brille an, und ich erklärte zögernd, wobei ich mich erst einmal entschuldigte, ihn stören zu müssen, ich sei der Meinung, man solle den Gesamtpatienten behandeln und nicht den Schmerz allein, ich wolle ihm behilflich sein, indem ich ihm einen Einblick in Tantes Vergangenheit gab, in ihren selbstlosen Charakter, ihr mühseliges Leben, wie sie sich aufopferte für Mann und Kinder. Dr. Wong nickte, Dr. Hong sah geradeaus, und während ich in ihre starren Gesichter blickte, wurde mir klar, dass den

Söhnen Hong und Wong, deren Mütter einst schwere Lasten Reis auf den Feldern Chinas geschleppt oder wie Kulis in Fabriken geschuftet hatten, Tantes Untertauchen in Ungarn als eine nur kaum bemerkenswerte Unannehmlichkeit erscheinen musste. Was war schon so heldenhaft an ihrer Aufopferung für Küche und Kinder? Was war denn so ungewöhnlich an einem Weib, das täglich die Böden auf allen vieren schrubbte? Kein Muskel rührte sich in ihren Gesichtern, sie blickten mich teilnahmslos an. Sollte ich ihnen vielleicht jetzt auch noch über Auschwitz vorjammern? Hatte das ausgewanderte Elternpaar Hong nicht anfangs in Amerika in einer Gemischtwarenhandlung in einem Elendsviertel geschuftet? Und hatten nicht Mama und Papa Wong täglich bis Mitternacht mit einer Pistole in der Schublade hinter der Kasse eines Spirituosengeschäfts gestanden, jahrelang? Fast so schlimm, wie in einem Konzentrationslager zu hungern. Nicht nur die Juden beherrschten das Monopol des Leidens. Frag die Chinesen. Niedergeschlagen kehrte ich zurück zu Tante Ettu. Da du schon mal hier bist, sagte diese, nutze die Gelegenheit und berate dich mit den Ärzten über die Schmerzen in deiner Vagina. Ich beschwor sie, kein Wort davon zu erwähnen. Die Ärzte Hong und Wong waren zurück, war ihnen die Tante doch wichtig? Ich kam mir plötzlich überflüssig vor. Hinter den Köpfen der Ärzte sah ich eine graue Schirmmütze vorbeischweben wie ein Segelflugzeug. Dr. Hong begrüßte Tante munter und fröhlich. Mir fiel Tantes Tuberkulose ein. Ich hatte die alte Tuberkulose vergessen. Zählte das überhaupt noch? Wie wichtig war die Tuberkulose von 1949?

Dr. Hong unterhielt sich mit Tante über ihre Vagina. Er würde sie zurück zu ihrem Frauenarzt schicken, sagte er, und für ihre Schmerzen wolle er inzwischen Tabletten verschreiben. Tante hatte Angst. Was für Tabletten, welche Stärke? Was würden die Nebenwirkungen sein? Letztes Mal hätte er ihr Muster gegeben. Nein, sagte er, das habe er nicht. Doch, sagte sie, das habe er, er sagte wieder nein. Er habe ihr nur Gutscheine für die Tabletten gegeben, betonte er. Wieder fragte sie, ob es dieselben Tabletten seien wie die Muster, oder sei es eine billigere Sorte, sie wolle die echte und nicht die zu ermäßigtem Preis. Sie hörte nicht auf zu fragen, und er wiederholte Wort für Wort, es gäbe keine billigere Sorte. Die Zeit verstrich. Die graue Schirmmütze glitt wieder am Sprechzimmer vorbei, in die Richtung, aus der sie zuvor gesegelt kam. Tante fragte, also was fehlt mir jetzt eigentlich? Du hast Bandscheibenschwund, sagte ich. Dr. Hong sagte, sie könne Ibuprofen einnehmen. Ich murmelte, sie weiß nicht, was das ist. Advil, sagte ich laut, Advil, Tante. Advil enthält Ibuprofen. Du kannst Advil einnehmen, sagte ich. Was war es gleich wieder, das man ihr in der Notaufnahme gegeben hatte? Was war das nochmal? Morphium, sagte ich. Das will ich, sagte Tante Ettu, ich will Morphium. Und aus Angst, der bedeutende Dr. Hong würde sogleich weg müssen, beeilte sie sich, alles, was ihr Bedenken bereitete, aufzuzählen. Es sprudelte aus ihr heraus, Gutscheine und Muster und das alte Gewächs im Fuß und das Brennen nach dem Wasserlassen und, um Gottes willen, würde sie doch noch meine Vagina ins Spiel bringen? Ihr Popo, sagte sie zu Dr. Hong, die Untersuchung in der Klinik, wo die Frauen nackt in der Reihe gestanden haben, ähnlich wie in den deutschen Todeslagern, ja, das sagte sie, sie sagte Todeslagern, die Kolonoskopie, unterbrach sie Dr. Hong ohne eine Miene zu verziehen, ihr Popo war in Ordnung, die Kolonie, sagte sie, man hatte nichts Verdächtiges gefunden, der Befund war gut, nichts hatte ihr gefehlt, doch wenigstens ausgereinigt hatte man sie von oben bis unten, so sauber war sie noch nie gewesen, sagte sie. Gott sei Dank, der Popo war in Ordnung, sie lächelte vor sich hin. Dr. Hong riet ihr, sich von ihrem Frauenarzt untersuchen zu lassen und zwei Wochen später zu ihm zurückzukehren, und da sagte Tante, während sie ihr Unterhemd über den Kopf zog, dass ihr Apotheker auch aus China sei und freundlich obendrein so wie Dr. Hong. Onkel Nathan stand plötzlich im Türrahmen, prahlend, zwei Stunden habe er geschlafen, welch eine Leistung. War es wirklich Viertel vor elf? Hong und Wong und Ettu lachten. Tante verlegen, aber Hong und Wong, sie freuten sich wirklich, dass Onkel gut geschlafen hatte. Und da sagte Dr. Hong zu mir plötzlich wesentlich freundlicher als vorher, wie gut er sich mit den beiden während der letzten Visite amüsiert habe. Er bat Onkel Nathan, ihm vorzusingen, dasselbe Lied bitte wie beim letzten Mal, das Lied vom Konzentrationslager, bitte sehr. Onkel sagte, er sei noch zu verschlafen, um jetzt gleich zu singen. Ich kenne Nathan und Ettu, sagte Dr. Hong mit einem viel sagenden Blick, die Starrheit seiner Züge wie weggewischt, er grinste, die sind ein lustiges Paar, die zwei, meinte er. Er reichte Tante ein blaues Stück Papier mit einer Verschreibung, die sie nicht lesen konnte, Neurontin, dreimal täglich, 100 mg. Tante hatte ihre Socken und Adidas, die Jacke wieder angezogen und den schwarzen Samthut aufgestülpt, und die Ärzte Hong und Wong schüttelten ihr und Onkel Nathan die Hand, und alle waren fröhlich und riefen auf Wiedersehen. Und als wir zum Aufzug gingen, sagte Tante freudlos lächelnd, wie können die Verständnis für mich haben? Sie sind aus China, die können mich nicht verstehen. Was denkst du überhaupt?

Notizen im fliederfarbenen Kalender

Am Tag nach meiner Party wegen der Grabsteinenthüllung für Tante Rosie, die ein Jahr vorher von uns gegangen war, als ich gerade die Klappstühle im Lagerraum hinter unserer Garage verstaute, kam George mit seinem Freund und Ratgeber, Pfeffermann, und einem Faxgerät von der Best-Buy-Kette nach Hause. Es war ein Hewlett-Packard, Drucker und Fax in einem.

Ruf das Telefonamt an und verabrede einen Termin, sagte George. Man teilte mir mit, dass jemand am Montag, den 2. März, zwischen 7 und 21 Uhr vorbeikommen würde, um die Verbindung in Georges Arbeitszimmer von der Nordseite zum Faxgerät neben dem Fenster nach Süden hin zu verlängern.

Hier, ich zeige dir, was er zu tun hat, wenn er kommt, rief George vom Esszimmer, nachdem Pfeffermann weggegangen war und ich in der Küche Karotten schabte, und er sagte, komm hierher, mit gekrümmtem Zeigefinger, als sei ich ein kleines Kind, ich kam zögernd, und er zog eine Kommode weg von der nördlichen Wand des Arbeitszimmers und wies auf die zwei nebeneinander liegenden Anschlüsse direkt über der Scheuerleiste.

Siehst du diese zwei Anschlüsse, sagte George, mit dem Finger deutend, dieser hier, sagte er, dieser rechts ist unser gewöhnlicher für unsere Telefonnummer, und nun ließ er Sekunden vergehen, während er mich gespannt anstarrte, und dann sagte er, verstanden? Dieser linke, sagte George, und wieder wies er mit dem ausgestreckten Finger, ist Mr. Parkers zweite Telefonnummer. Mr. Parker war der frühere Besitzer unseres Hauses. George warf mir einen Blick zu, der besagte: Ganz einfach. Zwei Anschlüsse. Nebeneinander. Verstanden? Für diesen zweiten Anschluss haben wir bereits eine neue Nummer, fuhr George fort, die neue Nummer lautet: 475-5866. Er machte eine kleine Pause, dann, was ich jetzt brauche, sagte er, ist, dass die Verbindung vom linken Anschluss bis zu diesem anderen Anschluss hinter meinem Schreibtisch dort beim Fenster erweitert wird, und dann, komm hierher, sagte er, und er beugte sich hinunter und wies unter dem Schreibtisch auf die westliche Wand, und der Blick, den er mir nun von unten herauf zuschoss, besagte, du verstehst kein Wort von dem, was ich dir sage.

Wie? Wie, fragte ich, und George sagte, was bedeutet wie?

Ich sagte, wie wird er die Verbindung von da bis dort verlängern? Wie? George sagte, die haben ihre Methoden. Ich sagte, ich begreife das nicht. George sagte, er würde es mir Sonntagabend noch einmal erklären, und daraufhin sagte ich, dass ich es Sonntagabend auch nicht besser verstehen würde. Es ist gleichgültig, ob du es verstehst oder nicht, sagte George, du brauchst nur zu sagen, mein Mann hat es angeordnet. Bitte warte, sagte ich, ich schreibe es auf. Das kannst du nicht im Ernst meinen, sagte George. Doch, George, sagte ich, ich muss es notieren, nur um sicherzugehen und mir keine Sorgen zu machen. Kannst du dir nicht einmal solch eine Kleinigkeit merken, sagte George. George, sagte ich, es ist keine Kleinigkeit. Ich kann mir nicht den Kopf zerbrechen über linke und rechte Anschlüsse. Was ist, wenn ich sie durcheinander bringe? Dann müsste ich dich im Büro anrufen und bei der Arbeit stören. Also gut, dann schreibe es schon auf, wenn du unbedingt musst, sagte George. Ich lief in die Küche und machte dort in meinem fliederfarbenen Terminkalender auf der Seite von Montag, 2. März 1999, den Eintrag: Rechter Anschluss ist unsere gewöhnliche Telefonnummer, linker Anschluss ist die andere Nummer. Verbindung vom linken Anschluss der Nordwand zum Faxgerät beim Fenster verlängern. Alles klar, sagte ich zu George, nun werde ich es mir merken, und George schüttelte den Kopf.

Am Morgen des 2. März, als George seinen warmen Haferbrei löffelte, blickte er von der Wirtschaftsseite der Zeitung auf, und er sagte, dass der Mensch vom Telefonamt vielleicht unters Haus kriechen müsste, um das Kabel zu verlängern. Mein Herz fing an schneller zu klopfen. Unters Haus kriechen, wiederholte ich. Könnte sein, sagte George. Nein, bitte nicht unters Haus, sagte ich. Es wird schon nicht so schlimm werden, sagte George. Sicher, sagte ich, und Karl den Klempner im Raumanzug unterm Haus hast du wohl vergessen, wie? Den Geruch der feuchten Erde? Du weißt doch, dass mich das an den Tod erinnert. Lieber Gott, lass ihn bloß nicht unters Haus müssen. George warf einen raschen Blick in meine Richtung. Bitte, lass ihn machen, was er für nötig hält, sagte er. Nein, sagte ich, Karl der Klempner war das letzte Lebewesen, das da hinunterging. Ich kann es nicht ertragen, verstehst du? Hör zu, sagte George, ich brauche den Faxanschluss. Mach mich nicht verrückt mit dumpfigen Düften.

Der Tag war mir verdorben. Wie hatte sich die Menschheit nur vor Fax und Internet zurechtgefunden? Die Technik hatte sich in mein Haus eingeschlichen, in mein Leben gedrängt. Die Erde unter meinem Haus, ich wollte sie nicht riechen, wollte sie nicht wahrhaben, aber dort war sie nun direkt unter Georges Arbeitszimmer, genau unter der Ecke, in der das Faxgerät stand, unter der mit Parkett belegten Falltür mit dem runden Griff aus Messing. Ich wünschte mich zurück in die Elternwohnung in Deutschland, wo die Erde weit weg war von unserem Parkettboden, wo wir Nachbarn über und unter uns hatten, wo der Tod nur in den Massengräbern und Leichenhaufen der Holocaust-Geschichten meiner Mutter saß und nicht ein paar Zentimeter unter meiner Existenz.

Nachdem George ins Büro gefahren war, öffnete ich den Schrank im Gang, wo sich eine zweite Falltür mit Treppen zum Keller befand, und fing an, alles vom Boden und den unteren Regalen wegzuräumen, um später die Falltür hochziehen und an der Messingkette, die von der Regalstütze neben der Wand baumelte, einhaken zu können.

Jedes Mal, wenn jemand in den Keller musste, malte ich mir aus, dass die Kette abriss und die Falltür auf den Hinabsteigenden herunterkrachte, und deshalb kauerte ich immer vor den acht Holzstufen und stützte mit einer Hand vorsichtshalber den Deckel der eingehakten Falltür, und während ich so kauerte, kam mir immer derselbe Gedanke, hier könnte ich mich verstecken, falls sie jemals kommen sollten, mich zu holen. Vom Boden unter dem ersten Regal zog ich den kleinen schwarzen Koffer, eingehüllt in seinen Staubschutz, einer grün karierten Tischdecke, hervor. Ich hob die Aluminiumleiter und den Plastikhocker und zwei beige Teppichreste und dann einen zweiten schwarzen Koffer mit dem staubschützenden lila Frotteetuch drüber vom zweiten Regal und stellte alles in den Gang. Ich entfernte die Sandelholzseifenschachteln, strategisch platziert, um dem winzigsten Hauch von Moder, Verwesung, Verbrauchtheit, der durch die Falltür ausströmen könnte, vorzubeugen, von diesem Regal und hob dieses auch noch von der Wand, und ich trug die Koffer, die Tischdecke, das Frotteetuch, die Seifen, die Leiter und den Hocker und die Teppichreste und die Regale den Gang hinunter zum Schlafzimmer. Dann nahm ich eine Dusche und setzte mich an meinen Schreibtisch zur Arbeit.

Um zwei Uhr nachmittags klingelte es. Ein großer, muskulöser brauner Mann mit fein geschnittenen Gesichtszügen stand vor der Tür. Er hieß José Guzman, sagte er, und er war vom Telefonamt, und er schüttelte meine Hand und starrte über meine Schulter hinweg auf meinen glänzenden Parkettboden, und, ohne ein weiteres Wort zu verlieren, bückte er sich und machte die Schnürsenkel an seinen Stiefeln auf und trat nur in Socken ein. Ich führte ihn sogleich ins Arbeitszimmer, zeigte ihm die Steckdosen und las aus meinem fliederfarbenen Kalender die ehemännlichen Aufträge. Sofort bohrte José ein Loch für das Kabel in den Parkettboden hinter Georges Schreibtisch und installierte eine zusätzliche Steckdose an der Wand und ermöglichte dadurch einen Telefonanschluss für George, wenn er am Schreibtisch saß, eine Sache, an die George nicht gedacht hatte, er benutzte das Handy am Schreibtisch, eine Sache, die möglicherweise nicht wünschenswert war für George, eine Sache, die nicht auf meiner Liste von ehemännlichen Aufträgen stand, und deshalb eine Sache, die mich nun ängstigen würde. Die Steckdose war bereits an Ort und Stelle. Und nun müsse er unters Haus, sagte José. Ich zeigte ihm die Höhle unter dem Boden des Arbeitszimmers. Und ich führte ihn zum Schrank im Gang und öffnete die Falltür, hakte die Messingkette ein und knipste das Licht im Keller an. Geduckt stieg er mit einer großen Taschenlampe seitwärts hinunter. Er rief nach oben, es sei genügend Platz für die Kabelverbindung zwischen der Höhle unter dem Arbeitszimmer und der Decke des Kellers, und ob ich ihm dabei assistieren könnte? Er tauchte wieder auf, seine Socken waren schmutzig. Er reichte mir einen langen Holzstab, an dessen Ende ein Hufeisen aus Draht an einem Haken befestigt war. In seinen Socken ging er hinaus zu seinem Lkw und schlüpfte in einen Raumanzug. Er kam zurück, ich zog die Falltür im Arbeitszimmer hoch, er ließ sich hinab in die Höhle, in den Dreck, in das Grab, lag auf dem Rücken mit der Taschenlampe und dem Kabel, und ich atmete Verwesung und Tod. Er sagte, ich solle zurück zum Schrank im Gang und auf den Holzstufen zum Keller warten. Er sagte, dort würde ich den Lichtstrahl seiner Taschenlampe sehen, ich müsste nur in das Dunkel unter dem Gangboden direkt unter der obersten Treppenstufe spähen.

Mit Georges Taschenlampe in einer und dem langen Stab mit dem Hufeisen in der anderen Hand stand ich auf der Treppe. Ich legte die Taschenlampe auf die oberste Stufe und bat ihn in seinem Grab um einen Augenblick Geduld. Teile eines Spinnennetzes klebten an meinen Augenwimpern, ich zupfte das klebrige Zeug von meiner Stirn und schob den Stab durch das Dunkel zu seinem Grab. Er befestigte das Kabel am Hufeisen und rief mir Anweisungen aus der Höhle zu, langsam, rief er dumpf, gleichmäßig und behutsam solle ich den Stab zu mir zurückziehen. Ich lehnte den Stab mit dem Kabel an die Wand neben der Treppe und ging mit Spinnennetzgewebe im Haar zurück ins Arbeitszimmer, wo er gerade im Raumanzug voller Dreck aus dem Grab herauskletterte. Er ging hinaus zum Lkw, streifte dort den Overall ab, rollte ihn zusammen und warf ihn auf den Vordersitz. Ich ließ die Falltür im Arbeitszimmer herunter. Ich wohnte über einem Grab. Ich fing an, den Boden zu fegen. Er kam zurück ins Haus, ging zu den Kellerstufen und schloss das neue Kabel und die Drähte unter der obersten Stufe an. Er prüfte die Leitung. Die Hauptleitung funktionierte nicht. Und da fing er an zu fluchen, und als er fluchte, fing mein Herz an zu rasen, und ich brach in Schweiß aus. Er fummelte an den Drähten herum. Er überprüfte das Telefon in der Küche, das Telefon im Schlafzimmer und das Telefon im Arbeitszimmer. Er schraubte sämtliche Steckdosen auf, er drehte sie hin und her, er rieb, er hauchte sie an und wischte, er pustete auf die roten, die gelben und die grünen Drähtchen, und er schraubte die Steckdosen wieder an, und er kehrte zurück zu der Kellertreppe, wo er mit den Telefonkabeln und Drähten eine ganze Weile herumfummelte, und dann sagte er, die Hauptleitung funktioniere nun.

Wir standen in Georges Arbeitszimmer. José erklärte mir, dass die linke Steckdose an der Westwand, im Gegensatz zu der an der Nordwand, die neue Nummer war, und dass die rechte Steckdose an der Westwand, im Gegensatz zu der an der Nordwand, die alte Nummer war. Noch während er sprach, rannte ich in die Küche, holte mein fliederfarbenes Notizbuch und kritzelte hastig, welche Steckdose zu welcher Nummer gehörte, um es später George erklären zu können. José Guzman war fertig und ging.

Ich knipste das Licht im Keller aus. Ich löste die Messingkette von der Falltür und schloss den Deckel und fing an, alles zurück in den Schrank zu räumen, die Teppichreste, den schwarzen Koffer mit der grün karierten Tischdecke, die Regale, den anderen Koffer mit dem lila Frotteetuch, die Sandelholzseifen, die Leiter und den Hocker. Ich machte die Schranktür zu. Ich fegte den Boden des Arbeitszimmers, ich füllte einen Eimer mit heißem Wasser, wischte den Boden mit einem feuchten Lappen auf, in der Hocke, wie eine chinesische Kleinbäuerin, und die ganze Zeit redete ich mir zu, es stärke ja die Schenkel und Waden so wie die tägliche Yoga-Übung, die heute ausgeblieben war. Tatsächlich hatte ich einiges geschafft an diesem Tag, die Kabel gelegt, das Haus sauber, ich ging ins Bad, wusch Arme, Hände, zupfte Spinnennetzfäden vom Nacken, ich hörte etwas an der Haustür, José Guzman war zurückgekehrt. Er hatte vergessen, wo er seine Stiefel hingestellt hatte. Ich wies auf die Grasfläche bei den Ziegelsteintreppen neben der Veranda. Die Stiefel in der Hand trabte er in Socken zum Lkw, und schon wieder kam er zurück, und nun waren seine dicken Socken vollkommen dreckig, und in denen ging er einfach an mir vorbei ins Haus und durch das Speisezimmer zum Gang, und er brummte etwas von einem Werkzeug, das er irgendwo liegen gelassen hatte, er sah sich um, wahrscheinlich auf der Kellertreppe, sagte er. Ich beeilte mich, den Schrank auszuräumen. Ich holte die Leiter und den Hocker, die Sandelholzseifen, den Koffer mit dem lila Frotteetuch und den Koffer mit der grün karierten Tischdecke, die Teppichreste und die Regale heraus. Ich zog die Falltür hoch, ich hakte die Messingkette ein, ich knipste das Licht im Keller an, er stieg die Stufen hinab und kam zurück mit seinem Schraubenzieher, und in den noch dreckigeren Socken ging er durchs Arbeitszimmer zurück zur Haustür und ließ sie hinter sich zufallen. Ich kehrte und wischte den Boden des Arbeitszimmers, Speisezimmers und der Diele, und ich trug alles zurück in den Schrank. Ich kochte das Abendessen, und als George nach Hause kam, zeigte ich ihm die neuen sowie die neu installierten Steckdosen für Telefon und Fax, und George fand den neuen Telefonanschluss hinter seinem Schreibtisch, obwohl er an den alten an der Nordwand gewöhnt war, keine schlechte Idee. Und so ärgerte er sich nicht, dass ich José Guzman erlaubt hatte, eine neue Telefonsteckdose neben der Faxsteckdose zu installieren. Ich stieß einen Seufzer der Erleichterung aus.

Am folgenden Tag rief mich eine Freundin aus Frankreich an, und nach zehn Minuten wogte die Stimme aus Paris wie eine Welle auf und ab, sie rollte, sie stolperte und erlosch. Mein Herz raste, meine Achseln waren feucht. Es kamen mehr Telefonanrufe und alle rollten, stolperten und erloschen. Ich rief das Telefonamt an. Auf Band wurde mir mitgeteilt, für Englisch auf Taste 1 zu drücken, für Spanisch auf Taste 2, in einem Notfall ..., zu melden, Taste 3, alle anderen Angelegenheiten ... Ich drückte 1 und 1 und 1 und 2 und 1 und 2, und nach zehn Minuten meldete ich einer lebendigen Stimme eine Störung in meiner alten Leitung wegen des neuen Anschlusses. Ich bemühte mich, der Stimme die Störung zu beschreiben, eine schwierige Sache, denn die Verbindung war plötzlich völlig deutlich. Die Stimme sagte zu mir, Ma'am, bitte vergewissern Sie sich, dass die Störung nicht nur zu bestimmten Tageszeiten vorkommt. Ma'am, bitte notieren Sie sich, wann und wie oft es geschieht, sodass es derjenige, der es nachprüfen wird, selbst hören kann. Der früheste Termin war zwei Tage später zwischen 9 Uhr morgens und Mitternacht.

Am Tag darauf war die Verbindung einwandfrei. Ich rief das Telefonamt an und sagte den Termin ab. Einige Tage später begann das Problem von neuem. Ich rief das Telefonamt an. Ich erreichte die Stimme auf Band. Ich drückte 1 und 1 und 1 und 2 und 1 und 2, die Reihenfolge hatte ich mir vorsichtshalber in meinem fliederfarbenen Notizbuch neben der Telefonamtnummer notiert, und nachdem ich die 2 ein zweites Mal gedrückt hatte, bat mich eine Stimme auf Band um Geduld, alle Leitungen wären belegt, mein Anruf würde der Reihe nach beantwortet werden. Ich erhielt den 20. März als neuen Termin, ein Freitag, zwischen 9 Uhr morgens und 10 Uhr abends. In den folgenden Tagen überwachte ich mein Telefon wie ein Zerberus, verzweifelt hoffend, betend sogar, es würde auf einmal wieder funktionieren, wie man es von einem Telefon erwartete. Je mehr ich es gebrauchte, desto undeutlicher wurden die Stimmen am anderen Ende der Leitung. Die Anrufer hörten mich und George gut, doch George und ich hörten nur Silben und Wortfetzen. Jeden Morgen sagte George, es müsse gerichtet werden, und ging zur Arbeit, und ich sorgte mich zu Tode und dachte an das Grab.

Freitagmorgen um halb zehn, als ich beim Küchenfenster bei einer Tasse Kaffee saß, sah ich, wie ein weißer Telefonamt-Lkw am Randstein parkte. Ein lederhäutiger Mann mit Lachfalten und perfekten Zähnen strahlte mich vor den Stufen der Haustür an. Obwohl er keinen Texas-Hut auf und kein Pferd dabeihatte, war er der Marlboro-Mann. Paul Ortega, sagte er, und streckte die Hand aus. Aus meinem fliederfarbenen Kalender lesend, zählte ich die Geschehnisse der jüngsten Vergangenheit des kaputten Telefons auf. Ich berichtete über die neu installierte Faxleitung. Ich zeigte ihm die alten und neuen Steckdosen im Arbeitszimmer und die Steckdosen in der

Küche. Er schraubte die Küchensteckdosen auf. Sein Sensor summte, als er ihn an die Drähte hielt. Er fand einen losen Draht. Aha, da haben wir's, sagte er. War es möglich? Ich tanzte, ich wirbelte vor Freude. Kein Grab, nicht die Dünste der Verwesung. Er prüfte die Funktion des Telefons, indem er drei Privatgespräche führte. Eine halbe Stunde lang war Mr. Ortega am Telefon mit seiner Bekanntschaft. Die Leitung funktioniere nicht, sagte er, und er gab dem Gerät die Schuld, dem eigentlichen Telefon, unserem Telefon. Ich sprach wie ein Schnellzug, dass ich diese Möglichkeit bereits erwogen hatte, sagte ich, in der Hoffnung, das Malheur wäre wirklich nur die Schuld des Telefons, war aber enttäuscht worden, denn als ich ein anderes Telefon an die Steckdose angeschlossen hatte, passierte dasselbe. Es lag also nicht an meinem Telefon, sagte ich außer Atem, und er sagte, es lag an meinem Telefon. Er führte noch ein paar Telefongespräche. Er sagte, er könne es nicht richten. Er fluchte. Er fragte, wo der Keller wäre. Mein Büstenhalter war feucht, meine Achselhöhlen nass. Ich räumte den Schrank im Gang aus. Er prüfte die Leitung und die Drähte über der obersten Kellerstufe, und er fluchte lauter, und da bat ich ihn, mein Haus zu verlassen. Er könne es nicht richten, sagte ich, das hätte er selbst zugegeben, und ich hätte keine Zeit, sagte ich, ich musste an meinen Schreibtisch. Ich sagte, bitte gehen Sie. Er ging. Ich räumte alles zurück in den Schrank über dem Keller, und ich machte sauber, und da klingelte es, und er war wieder da. Er sagte, er wolle nur noch eine Sache nachprüfen. Er marschierte in die Küche, zog das Telefon aus der Steckdose und brachte es ins Arbeitszimmer. Er wechselte von einer Steckdose zur anderen, und er schraubte sämtliche Steckdosen auf und bastelte an den Drähten herum. Er sagte, er würde einen neuen Anschluss installieren, das könnte eventuell das Problem lösen, sagte er. Und dann, als er endlich ging, schlug er vor, dass, falls weitere Reparaturen nötig sein sollten und er mit diesen Reparaturen beauftragt werden würde, er jemand anderen zu Rate ziehen wolle und es deshalb wichtig sein könnte, dass ich ihn, Paul Ortega, verlangen solle, und außer ihm den ursprünglichen Installateur der Faxleitung, José Guzman, denn mittlerweile hatten José und er, Paul, Erfahrung mit dieser verzwickten Sache, doch vielleicht würde ich ihn, Paul Ortega, nicht zurückhaben wollen nach dem heutigen Tag, wer weiß? Er ging. Ich brachte alles zurück in den Schrank und machte sauber.

Am folgenden Montag, dem Tag der Oscar-Verleihung, nachdem ich um die Mittagszeit zehn Minuten am Telefon gewesen war, erstarb die Stimme am anderen Ende. Ich wählte die Nummer des Telefonamts und drückte 1 und 1 und 1 und 2 und 1 und 2 und wartete zehn Minuten, und dann fragte ich nach Paul und José. Nicht möglich, wurde mir gesagt, man würde schicken, wer im Moment zur Stelle war. Ich bekam einen Termin für den 26. März, einem Donnerstag, den 79. Geburtstag meiner Mutter in Deutschland, ich wollte sie doch anrufen und ihr Glück wünschen. Der Termin war Vormittag zwischen 8 und 12, Abend in Deutschland.

Um halb ein Uhr rief ich das Telefonamt an, und, nachdem ich 1 und 1 und 1 und 2 und 1 und 2 gedrückt und fünf Minuten lang dem Schlager »Raindrops are falling on my head« von Burt Bacharach gelauscht hatte, wurde mir versichert, dass der Mechaniker bereits unterwegs war.

Er kam um dreiviertel eins. Ein schwarzer Riese. Er trug einen Werkzeugkasten. Ich hatte Todesangst vor dem Grab, er aber wollte nicht einmal ins Haus. Er sagte, zuerst wollte er sich hinten beim Haus umsehen, und er fragte, ob wir einen Hund hätten, und ich sagte, nein, und ich ging mit ihm nach hinten zum Garten, und er sagte, er suche den Telefonkasten, ob ich wisse, wo er sich befände, und ich sagte, ich wisse es nicht, und er sagte, keine Sorge, meine kleine Lady, ich werde es schon finden. Ein schmaler grauer Metallkasten war außen an der südlichen Hausmauer befestigt. Weder José noch Paul hatten solch einen Kasten gesucht, und da wurde ich plötzlich zuversichtlich, dass nun, da der große schwarze Mann den kleinen grauen Kasten entdeckt hatte, alles in Ordnung gehen würde. Er öffnete den Kasten, sah sich die Drähte an, spreizte sie auseinander, und da hing ein roter Draht kaum noch an einem Faden, er war fast entzwei, und der schwarze Mann sagte, hier lag das Problem, und ich sagte, sind Sie sich sicher, und schon jauchzte ich vor Freude, ich jubelte, mein Herz raste, ich würde den Schrank im Gang nicht noch einmal ausräumen müssen, nicht das Grab unterm Arbeitszimmer riechen müssen. Er sagte, ich würde kein Problem mehr haben, und ich sagte, dass ich das schon öfters gehört hatte, dass das Problem aber stets hartnäckig wiederkehrte. Er sagte, ich sorgte mich zu sehr, und dass ich mich nicht so sehr sorgen sollte. Ich fragte ihn, wie er heiße. Abdullah, sagte er, und dass es früher Thomas gewesen war, dass seine New Yorker Freunde ihn als Thomas kannten, doch seit er in Kalifornien lebte, heiße er Abdullah. Er sagte, er arbeite sechs Tage die Woche, zehn Stunden am Tag. Ohne Überstundengehalt könne er nicht auskommen, sagte er. Dann prüfte Abdullah die Telefonleitungen, und sie funktionierten klar und deutlich und herrlich, und ich wusste, alles würde nun in Ordnung sein, und ich sagte Goodbye und Danke zu Abdullah und begleitete ihn zu seinem Lkw, und kehrte zurück ins Haus, um meiner Mutter zum Geburtstag zu gratulieren, als das Telefon klingelte.

Hallo?

Hier spricht Helen Underwood in Hillside.

Ja?

Spreche ich mit Mrs. F.?

Ja?

Mrs. F., Mr. F. hat sich bei uns nach einem Grundstück an der Westside erkundigt.

Aber wir haben bereits ein Haus.

Hat er Ihnen von uns nichts erzählt?

Nein. Wollen Sie mir sagen, dass mein Mann ein Stück Erde für ein Grab zu kaufen beabsichtigt?

Ja. Bei uns nennen wir das ein Grundstück. Im Moment können wir Ihnen eine äußerst günstige Finanzierung anbieten.

Ich habe diese Sorte Grundstück nicht nötig.

Die meisten reagieren wie Sie. Das ist völlig verständlich.

Nein, Sie verstehen mich überhaupt nicht. Ich lasse mich einäschern. Ich will kein Grab. Mein Mann kann seine persönlichen Post-mortem-Pläne machen, doch mich lassen Sie lieber aus dieser Sache heraus.

Nun gut, Mrs. F., wir möchten Ihnen trotzdem Details und Plan der Grabanlegung faxen. Sie können es sich ja ansehen.

Ich ...

Goodbye, Mrs. F.

Und schon klingelte das Faxgerät, und es druckte die besten Plätze für unsere Grabstätten im Hillside-Friedhof aus.

Ich rief meine Mutter an und wünschte ihr Glück zum Geburtstag. Sie sagte, sie habe mir mit der Post die Platzreservierungsnummer für ihr Grab auf dem jüdischen Friedhof in München geschickt und dass ich die Grabnummer in meinem Bankschließfach aufbewahren solle, bis es so weit sei. Ich hörte sie, als wäre sie im Nachbarhaus. Alle Leitungen funktionierten.

Drei Uhr früh in Hollywood

Drei Uhr früh. Sie im Bett in Hollywood. Al Pacino flackert auf dem Fernsehschirm. Plötzlich ist sie hellwach. Drei Uhr früh in Hollywood, sechs Uhr früh in New York. Fernseher aus, Al Pacino weg. Brille aufgesetzt, Boombox neben dem Bett, sie sucht, stellt den Sender ein. Diesmal würde sie ihn erwischen, ihr Idol, den Angebeteten, König des Rundfunks, Leonard Fein im Radio in New York. Ihr Handy liegt neben ihrem Kissen. Sie wählt die Nummer. Die Show hat soeben begonnen. Guten Morgen, mit Leonard Fein und Mitdiskussionsleiterin Bonnie, tönt es aus dem Radio. Sie hält den Hörer dicht ans Ohr gepresst. Eine männliche Stimme am anderen Ende. Sie sagt, sie müsse Leonard sprechen, es sei dringend, es handle sich um Hank Hirschfeld, den widerlichen Kerl, der immer in der Sendung anrufe, und, ja, sie, weswegen sie eigentlich anrufe, sie habe Schwierigkeiten mit diesem Widerling, sie habe ein Problem mit ihm, mit Hank, darüber müsse sie mit Leonard sprechen, über Hank nämlich, über Hank und über den Holocaust und über Selbstmord.

Sie wird auf der Stelle mit Leonard verbunden, so schnell, dass sie, als seine Stimme durch den Hörer tönt, nicht fassen kann, dass es wirklich er ist. Und deshalb fragt sie erst einmal, ob er es tatsächlich sei, Leonard, ihr Gott, und als er es bestätigt, schreit sie ein aufgeregtes ausgedehntes Hallo, er sagt nur ein gelangweiltes Ja, und er fragt Bonnie, was die Dame am Telefon von ihm wolle, und sie, die Anruferin von ihrem Schlafzimmer in Hollywood, fragt, ob ihre Stimme im Radio sei, und er sagt, ihre Stimme sei im Radio, und darauf sagt sie, sie könne sich selbst hören, und, ja, es sei tatsächlich so, sie sei im Rundfunk, und sie sagt ah und oh, und schon hat Leonard genug davon, und er sagt, er müsse jetzt auflegen, und da sagt Bonnie, sie wolle hören, was sie auf der Seele habe, dass es ihr scheine, als habe sie ein Problem, und sie, Bonnie, interessiere sich für ihr Problem. Und sie, die Anruferin, fleht Leonard an, beschwört ihn, nicht aufzulegen, und Leonard sagt, er werde auflegen, wenn sie nicht sogleich anfinge, ihm von ihrem Problem mit Hank zu erzählen. Sie sagt, das wolle sie ja, sie versuche es, sie sei eben dabei, es sei so deprimierend für sie, ja, und sie arbeite übrigens für eine Filmregisseurin, er habe sicher schon von ihr gehört, sie heiße Ina Mayerling. Leonard sagt, er kenne Ina, und sie sei eine großartige Regisseurin. Sie fängt an, Ina in den Himmel zu preisen, und Leonard wirft ein, sie habe zwei großartige Filme gedreht, wirklich großartig, und sie sagt, dass sie Ina, ihren Boss, anbete, und Leonard wartet, er wartet auf die Geschichte über Hank, und sie weiß, dass Leonard darauf wartet, und sie reißt sich zusammen, und sie fängt an,

Leonard zu erklären, dass sie im Grunde genommen, ja, also dass sie viel über Hank wisse, ihn aber nie persönlich kennen gelernt, ihn immer nur von weitem gesehen und nur telefonisch gesprochen habe bis zu dem Abend, an dem er in ihr Auto eingestiegen sei, und er, sie korrigiert sich hastig und sagt, sie, sie angefangen hätten, sich über allgemeine Dinge zu unterhalten, und sie ihm erzählt habe, dass ihre Eltern aus Deutschland gewesen seien und den Holocaust erlitten hätten. Eigentlich, sagt sie, und wieder korrigiert sie sich, ihre Eltern würden ursprünglich aus Polen stammen, nicht aus Deutschland, und dass sie den Holocaust durchgemacht hätten, und das alles, und so weiter und so fort, und da habe Hank angefangen, Witze zu machen, sagt sie, er habe gefragt, ob sie nicht Angst habe, sich zu duschen, und da unterbricht sie Leonard mit der Frage, ob sie gut aussehend sei, und sie sagt ihm voller Hingabe, sie sähe aus wie er, genau wie er, sagt sie, und er findet, sie könne in dem Fall nicht sehr hübsch sein, doch sie besteht darauf, sie sei hübsch und dass ihr jeder Komplimente mache, sie schwört es, und dann fragt er sie, wie alt sie sei. Das scheint sie nicht gehört zu haben, sie redet hastig drauf los, und sie sagt, er wolle wohl nur herausfinden, ob Hank sie angemacht habe oder so ähnlich, und sie sagt, das sei nicht der Fall gewesen, er habe nur ordinär dahergeplappert, er habe eine gestörte Mentalität, meint sie, und da gibt Leonard ihr Recht, und dann gibt sie aber zu, dass sie auch gestört sei, doch fühle sie instinktiv, nachdem sie seiner Sendung schon vier Jahre lang zugehört habe, dass er Verständnis ... und hier unterbricht Leonard ungeduldig und fragt sie, wo genau ihr Problem mit Hank liege, und als sie nicht sofort darauf eingeht, weil sie inzwischen den Faden verloren hat, bellt er, er müsse das Gespräch beenden. Sie fleht ihn an, nicht aufzulegen, bitte nicht auflegen, und er, Leonard, fasst für Bonnie, seine Mitdiskussionsleiterin, zusammen, dass die Gesprächspartnerin aus Hollywood gewisse Schwierigkeiten mit Hank zu haben schien, weil er, kaum habe er sie begrüßt, sie mit Holocaust-Witzen bombardiert habe, und Bonnie meint, anfangs habe sie geglaubt, Hank habe die Witze als Teil seines Repertoires von sich gegeben, doch dass sie nun wiederum den Eindruck habe, er habe die Witze direkt auf seine Begleiterin abgezielt, worauf sie dankbar ruft, genau so sei es gewesen.

Leonard will Klarheit gewinnen. Er fasst zusammen und sagt, es sei anscheinend so gewesen, dass Hank an sie herangetreten sei und sie mit den Witzen überfallen habe, und da meldet sie sich schon wieder zu Wort und sagt, genauso sei es gewesen, und sie sei so deprimiert, und Ina habe ihren Mund später nicht aufgetan, weil sie eine Schwäche für Komiker habe, immerhin, man solle doch Verständnis für diese Menschen zeigen, es sei doch deren Aufgabe, sozusagen, Witze zu machen. Sie will fortfahren, wird aber wieder von Leonard unterbrochen, der Ina in dem Sinne Recht gibt, dass Komiker schließlich nur versuchten, lustig zu sein. Sie sagt zuerst ja und dann nein, und dass die ganze Sache nicht amüsant gewesen sei, immerhin habe ihr Vater 80 Pfund gewogen, als er aus dem Lager befreit worden sei, und dass Hank darüber gegrübelt habe, ob er nicht doch auf Diät gehen solle, damit er vielleicht auch so viel abnehmen würde, und er habe gefragt, was genau ihr Vater unternommen habe, um so viel abzunehmen, so habe er geredet, auf diese Art und Weise, und wie schrecklich das für sie gewesen sei, und dass Leonard sich keinen Begriff davon machen könne, wie furchtbar es für sie gewesen sei, und sollte so etwas im Rundfunk zu hören sein, öffentlich bekannt gemacht werden, dass dann Leute, jüdische Leute nicht ... und hier wird sie wieder unterbrochen, denn Leonard will wissen, was danach geschehen sei, und ob es das gewesen sei, was sie an den Rand des Selbstmords getrieben habe. Ja, sagt sie, dass sie nach Hause gefahren sei und die ganze Nacht geweint habe, dass sie nicht habe schlafen können, dass sie vollkommen außer sich gewesen sei, und dass sie zu Ina gesagt habe ... und da fragt Bonnie sie, wie Hank eigentlich nähere Einzelheiten herausgefunden habe, und das will Leonard ebenfalls wissen, und da sagt sie, dass Hank sich bei ihr danach erkundigt habe. Zuerst habe er sie gefragt, woher sie käme, ursprünglich, und er habe über die Juden gefragt und seine dummen Witze gemacht, und da sagt Leonard, man merke sofort, dass sie eine Deutsche sei, und da gibt Bonnie ihm Recht, aber sie fragt sich auch, wie Hank herausgefunden haben mochte, dass ihr Vater nur 80 Pfund gewogen habe, als er aus dem Lager kam, und Leonard fragt sich dasselbe auch nochmal, und Bonnie meint, sie müsse es ihm erzählt haben, und Leonard sagt, sie hielte offenbar mit nichts zurück, und dann fügt er hinzu, es müsse so gewesen sein, dass Hank eine Frau gesehen habe, Hank, ein Mann, der im Allgemeinen wütend auf

Frauen sei. Sie unterbricht ihn und sagt, es sei ihr größter Wunsch, mit Hank am Telefon darüber zu sprechen, ja, das sei ihr größter Wunsch, und sofort beauftragt Leonard einen Mitarbeiter, Hank telefonisch zu erreichen, während sie immer noch weiterwünscht, mit Hank reden zu können, und Leonard fährt fort mit seiner Vermutung, dass Hank an jenem Abend eine Frau gesehen, einen deutschen Akzent gehört habe, und dass der gesellschaftlich unbeholfene Hank eine Bemerkung darüber gemacht haben musste, dass sie wohl aus Deutschland sei, und diese deutsche Frau ihm sogleich klargemacht haben musste, dass sie eigentlich keine echte Deutsche sei, sondern eine deutsche Jüdin usw., dass es so verlaufen sein musste, seiner Meinung nach, und Bonnie sagt aha, als ob das Ganze nun einen Sinn ergeben würde.

Leonard fährt fort, dass er den Eindruck habe, ihr sei wahrscheinlich sehr daran gelegen, Leuten ihre Holocaust-Geschichte zu erzählen, und Bonnie gibt ihm Recht, und Leonard folgert daraus, sagt er, dass sie ihre Holocaust-Geschichte verbreite, weil sie damit Mitleid errege, und da gibt Bonnie ihm auch Recht, und Leonard sagt, dass sie wahrscheinlich Hank die Holocaust-Geschichte erzählt habe und dass, hier nimmt Bonnie den Faden auf und sagt, dass Hank, statt sie sympathisch und wunderbar zu finden, angefangen habe, sich über den Holocaust lustig zu machen, und Leonard vollendet den Gedankengang und sagt, weil Hank keine Spur von Gewissen hat. Und dann sagt Leonard noch, dass ihre Taktik, ihre Holocaust-Geschichte zu erzählen, fehlgeschlagen sei, und Bonnie sagt, dass sie, die Anruferin, nun ganz aus dem Häuschen sei, zu Hause säße und weine, und plötzlich ist eine Stimme zu hören, eine Stimme begrüßt Leonard ganz lässig, und Leonard antwortet, und ihre Stimme überschlägt sich fast, denn Hank ist am Telefon. Leonard sagt zu Hank, dass diese Frau in Hollywood gerade dabei sei, ihnen etwas zu erzählen, und dass Leonard und Bonnie der Meinung seien, dass sie Hank missverstanden habe, und Hank gibt ihnen Recht, und Bonnie fragt Hank, ob er sich an die Frau erinnere, und Hank sagt, er sei sich da nicht ganz sicher, und Bonnie fragt ihn, ob er vor kurzem bei Ina eingeladen worden sei, und sie sagt, er solle sich gefälligst erinnern, und Leonard sagt, dass die Frau eine deutsche Frau sei, die Hank erzählt habe, ihr Papa sei im Holocaust gewesen, und da erinnert Hank sich. Sie aber schreit, es sei nicht nur ihr Papa, der im Holocaust gewesen sei, sondern beide Elternteile, und sie schreit es aus voller Lunge zweimal hintereinander, beide Elternteile seien im Holocaust gewesen. Leonard sagt, die Frau habe gehofft, Hanks Anteilnahme zu erregen usw., und stattdessen habe Hank angefangen, Holocaust-Witze zu reißen, und da fällt sie ihm ins Wort und sagt zu Leonard, dass sie sich nun erinnere, weshalb sie überhaupt mit Hank über dieses Thema gesprochen habe. Sie habe ihn abgeholt, weil er zu geizig sei, und das brüllt sie förmlich, zu geizig, Geld für ein Taxi auszugeben. Leonard gähnt hörbar, und sie fragt, ob sie sich klar ausgedrückt habe, und Leonard sagt, in der Tat, das habe sie. Sie sagt, dass ihn Ina eigentlich habe abholen sollen, aber dass dann sie angeboten habe, ihn von seinem Hotel abzuholen, weil sie geglaubt habe, dass er vielleicht ein netter Kerl sei, und Leonard findet, dass Hank wirklich ein netter Kerl sei, und da schreit sie plötzlich außer sich, dass Hank zu geizig sei, Geld für ein Taxi auszugeben, geizig wie kein anderer, und Leonard gähnt schon wieder und will wissen, wie es weitergegangen sei danach, und sie erzählt, dass Hank zum Abendessen bei Ina zu Hause eingeladen worden sei, und Leonard fragt, wie Hank herausgefunden habe, dass sie im Holocaust gewesen sei. Ach, sagt sie, sie hätten miteinander geplaudert, so wie es Leute zu tun pflegten, und sie habe Hank erzählt, sie sei aus Deutschland und dass sie jüdisch sei, und auch zu ihm gleich gesagt, dass sie glaubte, er sei ebenfalls jüdisch, und so ähnlich, und dann sagt Leonard, er habe den Eindruck, sie habe versucht, Mitleid bei Hank zu erregen. Sie weist das zurück, und nun kann sie sich nicht mehr konzentrieren, und Leonard sagt, dass, als Hank nicht so reagierte, wie sie erwartet habe, sie sich aufgeregt habe, und Bonnie sagt, sie könne nicht begreifen, warum sich überhaupt jemand Hank anvertrauen würde. Leonard gibt ihr Recht und fragt sich eben auch, warum tatsächlich jemand Hank ins Vertrauen ziehen würde, besonders, wo er doch schon angefangen habe herumzualbern, warum würde sie ihm vertraut haben, fragt er sie, und sie sagt, sie habe ihm nichts anvertraut, sie habe sich nur unterhalten wollen, so wie sich normale Leute eben unterhielten, und da lässt sich Hank wieder über die unglaubliche Tatsache aus, dass ihr Papa nur 80 Pfund gewogen habe, so als wolle er sagen, wie könne so etwas denn möglich gewesen sein. Sie sagt, dass Hank kein Mitgefühl habe, nicht einmal einen Hauch von Einfühlungsvermögen, dass er kein Erbarmen kenne. Sie fleht um Verständnis, und Bonnie sagt, es sei ein Irrtum, Mitleid von Hank zu erwarten, weil Hank einfach kein normaler Mensch sei, und da gibt ihr Leonard hundertprozentig Recht, und dann nennt er sie Ma'am, und sie fühlt sich plötzlich älter, als sie sich je in ihrem Leben gefühlt hat, und sie beschwört Leonard, sie doch bitte nicht mit Ma'am anzureden, und Leonard ist einverstanden und nennt sie schon wieder Ma'am, und er sagt ihr, er habe nun Hank am Telefon für sie, das sei doch das, was sie sich gewünscht habe, und dass sie nun die Gelegenheit habe, mit ihm zu sprechen. Und da gibt sie plötzlich zu, sie habe ihn eigentlich auch beleidigt, später, um ihm die Holocaust-Witze heimzuzahlen. Bonnie fragt, auf welche Weise sie ihn beleidigt habe, und sie sagt, sie habe ihn zu Hause angerufen und ihm ausrichten lassen, sie wünschte, Hitlers Hunde hätten ihn überfallen, und Hank sagt, er habe sich immer gefragt, von wem dieser Anruf gewesen sei, und sie besteht darauf, dass er es die ganze Zeit gewusst und nur so getan habe, als habe er keine Ahnung. Sie sagt, Hank sei gestört, und sie sei es eigentlich auch, gibt sie zu, weil sie ein bisschen neurotisch sei, eine ein bisschen angegriffene deutsche Jüdin, so ähnlich, aber ... und Leonard gibt ihr Recht, weil sie nicht aufhört, darüber zu reden, und das hört sie nicht gern, und Leonard fragt Hank, ob die Frau gut aussehend sei, und Hank zögert eine Sekunde, und dann sagt er, die Wahrheit sei, und sie behaupte das selbst, sie sähe aus wie Leonard, und Hank schwört noch auf die Bibel, dass sie tatsächlich aussähe wie Leonard. Nun will Leonard, dass Hank ihm versichere, er habe aber auch nicht den entferntesten Annäherungsversuch gemacht, sondern habe nur herumgealbert, und Hank sagt, genau das habe er getan, herumgealbert, und dass die Frau versucht habe, sein Mitleid zu erregen, und da sagt sie, sie wette, Hank sei ein Versager in sexueller Hinsicht, aber Hank redet weiter, als habe er nichts gehört, und fängt an, Leonard zu erklären, er wisse ganz genau, worauf die Frau es abgesehen habe, er kenne diese Masche, und die sei, armes Ding, schau sie dir an, jüdisch, aus Deutschland, mit einem Vater, der im Konzentrationslager gewesen sei, genügend Vorwände, sich anzubiedern. Sie schreit, dass beide Eltern im Konzentrationslager gewesen seien, dass ihr Vater so um die 30 Leute aus seiner Familie in den Lagern verloren habe, dass er 80 Pfund gewogen habe, und Leonard fragt sie, was genau sie eigentlich von Hank wolle, worauf sie sagt, er sei ein Geizhals, und gleich will Hank wieder wissen, wie das nochmal gewesen sei, dass ihr Vater so viel abgenommen habe, und sie wiederholt das mit dem Geizhals. Und Hank sagt, jedes Wort betonend, noch einmal, sie solle doch so lieb sein und ihm wieder erzählen, wie ihr Vater so viel abgenommen habe. Da sagt sie, etwas erschöpft, dass ihm niemand dieselben alten Witze abkaufen würde, dass das Publikum, das jüdische Publikum, sich von seinen Shows fern halten würde, dessen sei sie sich sicher, und sie schwört, seine Laufbahn als Komiker sei vorbei. Es sei aus mit ihm, sagt sie. Von ihr aus solle er sie verklagen, sagt sie, was scherte sie sich darum, wenn er sie verklagen würde. Sie sagt, sie habe sogar Zeugen, die aussagen würden, dass sie sich habe umbringen wollen nach dem, was Hank zu ihr gesagt habe, und Hank klingt überrascht, dass sie Zeugen habe. Hank findet es unglaublich. Sie habe Zeugen? Leonard will wissen, wie es nach diesem verhängnisvollen Abend mit Hank weitergegangen sei, habe sie wirklich versucht, sich das Leben zu nehmen? Sie sagt, sie sei zu Hause angekommen, zitternd und bebend, dass sie eine Art von Zusammenbruch erlitten habe, und sie sagt, sie habe Ina gedroht, dass, sollte dieser Kerl jemals wieder ihr Haus betreten, sie ihre Stelle als Kindermädchen kündigen würde. Leonard fragt, wie Ina auf das reagiert habe, aber sie hat bereits eine neue Richtung eingeschlagen und sagt, dass Hank in Ina verliebt sei, dass er nichts weiter sei als ein Versager, dass ihr noch nie solch ein Versager wie er über den Weg gelaufen sei, und da ist Leonard ein bisschen erstaunt, doch sie hört nicht auf damit, ja, es täte ihr Leid, so empfinde sie nun mal, und deshalb sagt Leonard gleich zu Hank, dass, was diese Frau aus Hollywood anginge, er der größte Versager sei, der ihr je unter die Augen gekommen wäre. Und dann betont sie noch, dass Hank nicht sehr männlich sei, und Leonard sagt zu Hank, dass nach seiner Schätzung Hank schon wieder mal von einer Frau abgelehnt werde, und dass leider seine Art von Humor an ihr verschwendet sei, worauf Hank sagt, es sei tatsächlich erstaunlich. Dann redet Leonard sie wieder mit Ma'am an, als er sie fragt, ob sie glaube, sie sei Hank auf die Nerven gegangen, worauf sie ihn bittet, ihn beschwört, sie nicht Ma'am zu nennen, ob es denn wirklich nötig sei, sie Ma'am zu nennen, und sie sagt ihm, dass sie sich durch das Ma'am alt gemacht fühle. Leonard scheint sofort einverstanden, wiederholt seine Frage, ob sie nicht glaube, sie habe Hank doch verdrossen, und trotz all ihrer Einwände nennt er sie immer noch Ma'am, und sie lässt das Ma'am durch und sagt, von ihr aus könne Hank sich über alles, was er wolle, lustig machen, über ihre Schenkel, über ihren Busen, über ihren Hintern, und hier unterbricht Bonnie und sagt, dass sie nicht das Recht habe zu entscheiden, über welches Thema Hank Witze reißen könne, aber sie ignoriert Bonnie und redet weiter, dass ein Thema wie der Holocaust, unter welchem ihre Eltern gelitten, die wahre Hölle erlebt ... da hört man Hanks Stimme wieder, und Leonard bittet ihn, bitte gleich zu wiederholen, was er soeben gesagt habe, und Hank sagt, dass sie sogar jetzt, in diesem Augenblick, versuche, Leonards Mitleid zu erregen, und Leonard gibt ihm Recht, aber sie protestiert, sie wolle kein Mitgefühl von ihm, dass sie ihn bewundere, ja, und dass Hank in ihren Augen, dass Hank, Hank ein Nichts sei. Und sie schreit Hank an und nennt ihn wieder einen Versager, und sie fragt ihn, ob er es endlich begreife, dass er ein Versager sei. Bonnie schlägt vor, dass sie vielleicht nicht unbedingt der ganzen Welt ihren Schmerz verkünden müsse, besonders jemandem wie Hank. Aber auf Bonnies Meinung ist sie nicht scharf. Sie wendet sich an Leonard, der ein gelangweiltes Ja von sich gibt, und sie sagt, wie leicht es für sie sei, jeden Tag zu weinen, jeden Tag weinen über den Holocaust. Und schon scheint es, Leonard höre teilnahmsvoll zu, und sie redet rasch weiter darüber, dass es schmerzlich sei manchmal, und dass er das sicher verstehen könne, doch Bonnie zeigt mittlerweile keine Spur von Mitgefühl, nein. Sie sagt, würde sie Leute nicht mit dem Holocaust vollplappern, würde sich niemand darüber lustig machen, und da ist Leonard wieder derselben Meinung, doch sie sagt, sie werde nicht aufhören, darüber zu reden, und sie will noch etwas hinzufügen, als Leonard unterbricht und sich fragt, warum sie eigentlich über den Holocaust mit Hank in einer Situation, die mit ihrem Beruf verbunden sei, gesprochen habe, und sie sagt, sie habe Hank vom Holocaust erzählt, weil sie sich nichts zu sagen gehabt hätten, dass er im Auto gesessen habe wie ein Klotz, und da fragt Leonard, ob es tatsächlich nichts anderes im Leben zu diskutieren gäbe als den Holocaust, und sie sagt, Hank habe sie gefragt, woher sie käme, und dass sie angefangen hätten, sich zu unterhalten, und nun unterbricht Hank und sagt, man stelle sich vor, da hätten sie beide im Auto gesessen, er und sie, hätten über das Wetter geplaudert, und bevor er wusste, wie ihm geschah, sei sie aus heiterem Himmel mit dem Holocaust über ihn hergefallen, und Bonnie setzt hinzu, es sei doch nur ein Katzensprung gewesen vom Wetter zum Holocaust. Die Frau sagt zu Hank, sie fände ihn geschmacklos, dass alle jüdischen Leute ihn boykottieren würden, dass sie selbst zwar keinen Boykott beabsichtige, da das Boykottieren nicht ihr Stil sei, und dann wechselt sie schlagartig das Thema, und sie sagt, wie glücklich sie sei, mit Leonard im Rundfunk sprechen zu können, nachdem sie schon vier Jahre seine treue Anhängerin sei. Leonard scheint ein wenig verlegen und bedankt sich bei ihr. Sie sagt, er sei großartig, und sie hoffe, er würde für immer und ewig im Rundfunk bleiben, und Leonard gibt zu, er sei großartig, und Hank sei ein Nichts. Das sei es doch, was sie ausdrücken wolle, nicht wahr, aber sie hat wieder mal ihren Faden verloren und entschuldigt sich bei ihm, worauf er wiederholt, er sei großartig, Hank dagegen ein Nichts und Wiedernichts, und schon schwärmt sie wieder davon, wie großartig er sei. Da bittet Hank um einen kleinen Moment. Ob sie denn nicht gemerkt habe, fragt er sie, dass sie eben schon wieder den Holocaust benutzt habe, um sich in eine Talkshow und in Leonards Gunst einzuschleichen? Das streitet sie sofort ab, doch er weist darauf hin, ja, da seien ihre Eltern nun mal in den Lagern gewesen und sie benutze den Holocaust für ihre eigenen Zwecke. Auch wenn das wahr wäre, meint sie schnippisch, so sei es doch wenigstens für einen guten Zweck gewesen, endlich habe sie es geschafft, mit Leonard zu sprechen. Sei das nicht ein guter Zweck? Und Leonard wartet, doch Hank schweigt, und sie bedankt sich überschwänglich bei Leonard, sie liebe ihn, sagt sie, er bringe sie zum Lachen, möge er für immer und ewig im Rundfunk bleiben, und er bedankt sich bewegt, nennt sie Darling, und sie verabschieden sich, als Hank plötzlich schreit, warten bitte, die Deutschen seien da und hämmerten an die Tür. Sie beteuert Leonard nochmals, dass sie ihn liebe, und zu Hank sagt sie, dass sie ihn hasse, und sie wünsche ihn zum Teufel, er solle in der Hölle schmoren, er und Hitler, gemeinsam, beide, Hitler und Hank, und dann sagt Leonard, Hank habe doch eben gesagt, die Deutschen pochten an ihre Tür, die Nazis seien da, und Leonard und Hank brüllen vor Lachen, und Hank ahmt sie nach, er sagt, er liebe Leonard, so wie sie es eben gesagt hat, aber dass jetzt in diesem Moment die Nazis von der Sturmabteilung an die Tür hämmerten, und darauf sagt sie, dass Hank nicht nur ein Versager, sondern außerdem ein Geizhals von einem Versager sei. Leonard gibt ihr da Recht und nennt sie schon wieder Ma'am, und er fragt, ob sie noch am Telefon sei, und gleich schreit sie noch einmal, dass Hank ein Versager sei, und wieder gibt ihr Leonard Recht, und dann sagt Bonnie, das müsse ja allerhand gewesen sein, die Situation mit einer Frau in einem derartigen Zustand im Auto mit Hank, der sich über den Holocaust ausgelassen habe, mit seinem Getöse über die Schlägertruppen, und Leonard fragt, ob die Szene im Augenblick ein Beispiel sei, wie Hank sich an dem verhängnisvollen Abend aufgeführt habe. Sie sagt, diese Szene hier sei nichts im Vergleich zu seinem Benehmen an dem Abend gewesen, dass er noch viel, viel mehr Witze gemacht habe, sie könne sich unmöglich an alle erinnern, dass er nicht aufgehört habe mit Hitler, und endlos, egal was sie auch gesagt habe, dass er endlos hergezogen sei über den Holocaust. Leonard findet, dass Hank möglicherweise unter einem Hitler-Fetisch leide, und sie wiederholt, dass er alle Themen des Abends auf den Holocaust bezogen habe. Die Frau scheint Leonard Leid zu tun. Sie erzählt ihm, dass Hank Inas Essen so gierig verschlungen habe, als ob er selbst ein Überlebender sei, und Leonard wundert sich nicht, schließlich sei das Essen ja umsonst gewesen, und sie sagt nochmal, er habe alles gierig verschlungen, ja fast den

Teller abgeleckt, weil die Mahlzeit ja umsonst gewesen sei, es habe ihn nichts gekostet, und dann fragt Leonard Hank, was er eigentlich bei Ina zu Hause gegessen habe. Hank scheint zu überlegen, und schon fängt er an zu beschreiben, wie deutsche Offiziere das Essen serviert hätten, und Leonard sagt zu ihr, und er nennt sie Ma'am, dass es doch eigentlich nur ihre Aufgabe gewesen sei, Hank an jenem Abend zu Ina zu fahren, und dass sie, statt sich auf ihren Auftrag zu konzentrieren, für den sie sich freiwillig angeboten habe, Hank mit Holocaust-Geschichten vollgestopft habe. Sie gibt zu, dass sie Hank schon lustig fände, manchmal, so lange er nicht über den Holocaust herzöge, und sie macht Leonard darauf aufmerksam, dass er viele jüdische Zuhörer habe. Leonard sagt, sie habe wirklich kein Recht zu entscheiden, worüber sich Hank lustig machen wolle, und dass es gerade dies sei, was so großartig sei an Hank, und Bonnie ist derselben Meinung, und sie sagt, dass Hank eben ein Künstler sei, und dass ein Künstler sich ausdrücken müsse, und Leonard weist auch noch darauf hin, dass der Grund, weshalb Hank an dem Abend so viel gegessen habe, sein müsse, dass ihn die Holocaust-Geschichten hungrig machten. Da kommt nun Hank Leonard zu Hilfe, indem er sagt, dass allein der Gedanke an ihre Eltern in Auschwitz ihn ganz einfach hungrig gemacht hätte. Er spricht Auschwitz aus wie Auswitsch. Sie schreit, ihre Eltern seien nicht in Auschwitz gewesen, und sie nennt ihn einen Dummkopf. Ihr Vater sei in Dachau gewesen, schreit sie, und sie schreit, dass sie nur einmal gern sehen würde, wie Hank aussähe mit 80 Pfund, und da entschuldigt sich Hank, dass er die Lager verwechselt habe, und sie will ihren Ohren nicht trauen, und Hank fragt, ob es nicht vielleicht Treblinga gewesen sein könnte, und dass es ihm wirklich unangenehm sei, und sie sagt, er solle das wiederholen, und wieder fragt er, ob es vielleicht Treblinga gewesen sei, und er sagt, wie sehr ihn das alles mitnähme, und sie schreit, dass das Lager Treblinka heiße, mit einem k, und dass er ein Idiot sei, weil er den Ort nicht richtig aussprechen könne, und Hank bittet um einen Augenblick, er versuche noch weiter zu raten, und dann sagt er Dakau, und sie schreit aus vollem Hals, dass der Ort nicht Dakau, sondern Dachau sei. Leonard bemerkt, wie sonderbar es gewesen sein müsse, er spricht von ihr als einer Dame, indem er sagt, dass also diese Dame Hank zu Ina gefahren und ihm gleichzeitig all diese Holocaust-Geschichten geliefert habe, dass der arme Hank, der sich doch nur auf den Besuch bei Ina gefreut habe, dass das ausgerechnet ihm habe passieren müssen. Hank sagt, das Einzige, was er sich an jenem Abend gewünscht habe, seien das Treffen mit Ina und das Abendessen bei ihr gewesen, und Leonard fragt Hank, was er sich eigentlich davon erhofft habe, Holocaust-Witze zu reißen, während sie ihn nach Beverly Hills befördert habe. Habe er nur sehen wollen, wie weit er sie treiben könne, und Hank sagt, dass sie wie aus dem Nichts plötzlich mit den Lagern aufgetaucht sei. Sie fängt an zu fluchen, und Bonnie ist der Meinung, Hank sei förmlich dazu gezwungen gewesen, anders zu reagieren, als sie erwartet habe, und Hank sagt, dass in seinem ganzen Leben noch nie ein Chauffeur auch nur im Entferntesten eine Andeutung darüber gemacht habe, er sei etwa in Sobibor gewesen, und dass er nicht verstanden habe, worüber diese Frau geredet habe, dass er sich nur nach einem kleinen Nickerchen im Rücksitz des Autos gesehnt und sie ihm stattdessen den Holocaust eingehämmert habe. Bonnie und Leonard schreien vor Lachen, und dann fragt Bonnie Hank, ob er mit seinem Herumalbern im Auto bloß versucht habe, sie zum Schweigen zu bringen, und Hank sagt, er habe nur ein bisschen Ruhe und Frieden gewollt, und die Frau sagt, Hank sei ein hoffnungsloser Narr, jedenfalls was Frauen anbelange, und dass sie der Meinung sei ... und da sagt Hank, er beneide ihre Eltern, weil sie so viel abgenommen hätten, und sie sagt nur ganz niedergeschlagen, sicher würde er nun auch noch genau wissen wollen, wie es gekommen sei, dass sie so viel abgenommen hätten, und da fängt Bonnie an, sich zu sorgen, dass diese ganze Angelegenheit doch schrecklich deprimierend sei. Die Frau unterbricht sie und sagt, Hank könne ihr nichts mehr anhaben, und dass er nichts weiter sei als ein Versager und vielleicht noch eine Jungfrau obendrein und gehemmt in seiner Beziehung zum weiblichen Geschlecht und sich nicht auskenne bei Frauen, und dass sie zwar nicht wisse wie alt er sei, vielleicht um die vierzig, schätze sie, aber wohl noch nie mit einer Frau geschlafen habe. Bonnie regt sich sofort auf und fragt, wo jetzt ihr Einfühlungsvermögen geblieben sei, und dass sie aufhören solle, aber sie sagt, es sei ihr gleichgültig, und dass sie niemals ... und hier schlägt Leonard vor, sie solle mit Hank schlafen, worauf sie erwidert, eher werde sie den Holocaust durchmachen, bevor sie mit Hank schlafen werde, ganz ehrlich, und dass Hank sehr unattraktiv sei, und sie fragt Leonard, ob er wissen wolle, was Hank zu ihr gesagt habe. Sie sagt, dass Hank, als sie versucht habe, Leonards Telefonnummer von ihm herauszubekommen, weil sie Leonard sagen wollte, wie großartig er sei, vorgeschlagen habe, er würde ihr die Nummer geben, wenn sie ihm einen gewissen Gefallen tun würde. Er habe sehr unanständig zu ihr gesprochen, und dann sagt Leonard, wie merkwürdig es sei, dass sie das Konzentrationslager dem Schlafen mit Hank vorzöge, und sie schwört, dabei bliebe es. Da erwähnt Hank wieder ihren Vater in Auschwitz, und sie schreit, er sei nicht in Auschwitz gewesen, sondern in Dachau, und dass Hank ein einfältiger Esel sei, und Hank bittet um Entschuldigung für die Verwechslung der Lager, bittet sie, ihm zu verzeihen, dass er immer wieder die Lager durcheinander bringe, und dann will er noch wissen, was mit den 6 Millionen geschehen sei, weil er heute noch nicht die Zeitung gelesen habe. Sie überhört das und fängt wieder davon an, wie geizig er doch sei, dass er kein Taxi habe nehmen wollen. Hätte er ein Taxi genommen, hätte er um Rückerstattung seiner Ausgaben gebeten, und darauf sagt Hank etwas, worauf Leonard fragt, was er soeben gesagt habe, und Hank sagt, das sei es, was ihre Eltern verlangt hätten, als sie den Zug ins Konzentrationslager genommen hätten. Sie sagt, er sei nur zu bemitleiden, und Hank fragt sie, ob ihr Vater einen Platz im Speisewagen nach Auschwitz reserviert hätte, und sie schreit etwas über Dachau und dass ihr Vater nach Dachau gekommen sei, und gleich nachdem sie Dachau geschrien hat, nennt sie Hank einen Idiot, und Hank wiederholt die Frage, ob ihr Vater eine Platzreservierung gehabt habe, und sie wendet sich an Gott, und Hank sagt, er vermute eben, die deutsche Eisenbahn habe Speisewagen gehabt, und da reicht es Leonard, und das sagt er, nämlich, dass es nun endlich genug sei mit dem Unsinn. Sie beteuert ihre Liebe zu Leonard, er sei der Beste, sagt sie, und dass sie hoffe, ihn eines Tages persönlich kennen zu lernen. Leonard bedankt sich bei ihr und nennt sie Ma'am, was sie ignoriert, und sie dankt ihm und er ihr, und sie ihm, und sie sagt Goodbye und legt auf.

Es ist vier Uhr früh. Sie klettert aus dem Bett und macht sich eine Tasse Kaffee. Ein neuer Tag steht bevor. Ein neuer Tag, den sie erdulden muss, aushalten, ertragen, durchmachen muss. Ein neuer Tag.

Jahrgang 1947

Offizielle Bekanntmachung! Warnung an die Umgebung! Ein Einbrecher treibt sich in der Nachbarschaft herum, einer, der schlägt, raubt und vergewaltigt.

Mein Zimmer am hinteren Ende des Hauses hat einen Privateingang. Der Schubriegel in der Tür ist zwar vorgeschoben, doch der Handgriff der Tür ist von innen nicht verschließbar und deshalb von außen bewegbar, was einen Einbrecher, der die Türklinke herunterdrückt, vermuten ließe, die Tür sei nicht verschlossen. Obwohl nie ganz vergessen, hatte ich den losen Türgriff doch ignoriert, denn direkt hinter dem Privateingang zu meinem Zimmer stehen ein eichener Schreibtisch und Karteischrank auf einem dicken Plüschteppich, eine scheinbar unbewegbare Barrikade, sollte jemand versuchen, die Tür zu öffnen.

Aber warum einem Einbrecher Hoffnung machen? Im Branchenverzeichnis des Telefonbuchs notiere ich mir Telefonnummern von Schlossern. In einer Stunde kann einer kommen. Werden Schlosser von Polizeiwarnungen über vergewaltigende Einbrecher in

Kenntnis gesetzt? Der Gedanke kommt mir erst später.

Herzl, der Schlosser, ist da. Er ist aus Israel, mit Zwischenstation in Algerien. Er hat wadenhohe schwarze Stiefel mit langen metallenen Schnallen an, und er blickt mich an, als sei ich achtzehn. Woher ich komme? Schon wieder. Deutschland, sage ich, und dass ich jüdisch bin, so wie er, sollte er die hundert Jahre alte Mesusa aus Odessa am rechten Türpfosten verpasst haben. Er sagt, er sei noch nie in Deutschland gewesen. Ich sage, es sei ein schönes Land. Der Schlosser und ich in der Küche, als kennten wir uns seit tausend Jahren, und, wer weiß, vielleicht ist er sogar ein entfernter Verwandter. Wir gehen durch die Küche und ich führe ihn durch die Hintertür nach außen und vor den von innen verbarrikadierten Privateingang meines Zimmers. Er drückt die Türklinke herunter, und dann sagt er, er müsse sie von innen prüfen, und das bedeutet, er muss in mein Zimmer hinein. Er sagt, es mache ihm nichts aus, seine Stiefel auszuziehen. Er stellt sie im Gang vor meinem Zimmer ab. Er streckt sich über den eichenen Schreibtisch zwischen Computer und Monitor hinweg, rüttelt ein bisschen an der Türklinke und versucht, den schmalen Schalter in der Klinke zu bewegen, aber er will sich nicht von der senkrechten Einstellung rühren. Ich frage ihn, ob ich die Möbel wegrücken müsse. Er sagt, aller Wahrscheinlichkeit nach ja. Er wisse nicht, ob er den Schalter richten kann, doch wolle er es versuchen.

Ich bitte ihn, sich auch die Hintertür zur Küche anzusehen. Sei da etwas zu machen? Er sagt mir, was ich schon immer wusste, seit wir in das Haus eingezogen waren. Er sagt, es sei ein Kinderspiel, durch die Hintertür in die Küche einzubrechen. Man brauche nur das Fenster in der Tür einzuschlagen, hineinzulangen, eine Vierteldrehung des schmalen Schalters, er ist drin, der Einbrecher und Vergewaltiger. Die einfachste Lösung sei ein Schubriegel, den man nur mit einem Schlüssel öffnen könne. Auf diese Weise, sollte das Fenster eingeschlagen werden, könne das Schloss weder geöffnet noch aufgeschraubt werden, denn das Schloss, das er einsetzen wolle, habe keine Schrauben, sondern Nägel. Wann er das machen könne, frage ich. Auf der Stelle, sagt er, er habe alles, was er braucht im Lieferwagen, Schlösser, Klinken, Griffe, Schrauben, Nägel, er habe alles dabei. Wie viel würde es kosten? Er nennt mir einen Preis. Ich bitte ihn, sich doch noch die Flügeltür im großen Schlafzimmer anzusehen, wo er doch schon mal hier ist. Ich zeige ihm wo. Sehen Sie, sagt er, derselbe Riegel und Schalter, dasselbe Prinzip, Glas eingeschlagen und nichts wie hinein. Aber ein Fenster könne der Einbrecher doch überall einschlagen und hineinkommen. Herzl sagt, Einbrecher bevorzugten Türen, sie würden doch rasch hinauswollen mit ihrer Beute, mit Fernseher, mit Stereoanlage, mit Computer, ganz rasch. Viel später, als er schon weg ist, fällt mir ein, sollte der Einbrecher schon mal drinnen sein, könne er doch die Haustür öffnen und die Beute hinausbefördern, und es fällt mir auch noch ein, dass unsere Haustüren mit einem Sicherheitsalarmsystem versehen sind.

Ich beauftrage Herzl, in der Flügeltür des großen Schlafzimmers ein Sicherheitsschloss zu installieren.

Und, übrigens, was hielte er von unseren Fenstern? Er sagt, die Fenster seien in Ordnung. Nehmen wir an, sage ich zu Herzl, der Einbrecher, Vergewaltiger und möglicher Mörder sei bereits im Haus und ich wolle mich in meinem Zimmer einschließen, wäre es nicht klug, wenn Herzl einen neuen Türgriff mit einem Schloss innen an meiner Zimmertür befestigen würde, und gleichzeitig solle er sich auch noch das Schloss an meiner Badezimmertür ansehen. Er sagt, es sei in Ordnung, es könne bleiben, es sei ein gutes Schloss. Doch der Griff an meiner Zimmertür sei eigentlich eine Schranktürklinke, sagt er, und er wolle sie durch einen Griff ersetzen, der von innen verschließbar ist.

Dann sage ich zu Herzl, nehmen wir an, der Einbrecher, Vergewaltiger und Mörder befindet sich bereits im Haus und mein Mann wolle sich mit dem Handy im großen Bad einschließen, um einen Notruf zu machen. Wolle Herzl so gut sein, dasselbe Schloss wie an meiner Zimmertür an der Badezimmertür des großen Schlafzimmers zu installieren. Herzl sagt, Sie schlafen nicht zusammen mit Ihrem Mann? Ich sage, nein, ich schlafe nicht mit ihm zusammen. Herzl wirft mir einen schmachtenden Blick zu. Das finde ich lästig, es schmeichelt mir keineswegs, es ärgert mich eigentlich. Dann sagt er, dass er so etwas Dummes wie eine Toilette ohne Schloss noch nie gesehen habe. Wer das sei, der hier vor uns gewohnt habe, möchte er wissen, und ich erzähle von dem schrecklich fetten Mr. Grant, und Herzl sagt, er müsse eine Schwäche für Schranktürklinken gehabt haben, und die Privatsphäre, während er auf dem Klo saß, könne für ihn nicht so wichtig gewesen sein, und es sei sicher klug, neue Türgriffe mit Schlössern zu installieren, auch wenn der Schwerverbrecher bald geschnappt werden würde. Das leuchtet mir ein, ist es doch etwas, was ich sowieso wollte.

Ich mache ihn auf das auf Hochglanz polierte Baldwin-Schloss an der Haustür aufmerksam. Er sagt, es sei ein gutes Schloss. Herzls Schlösser, die er im Lieferwagen hat, sind von der Marke Schlage. Deutsch. Passt gut. Die Deutschen haben meinen Vater geprügelt in Dachau. Guter deutscher Name für gute Schlösser, meint Herzl. Sehr gute Schlösser. Die Rechnung wird 700 Dollar betragen. Soll er jetzt gleich anfangen, oder brauche ich Zeit zum Überlegen? Würde er später zurückkommen, müsste er mir einen zweiten Dienstbesuch berechnen. Fangen Sie gleich an, sage ich, und freue mich insgeheim, dass ich mich nachts in mein Zimmer werde einschließen und von dort einen Notruf machen können, während ein Schwerverbrecher das Haus ausraubt. Zufrieden male ich mir aus, was ich alles unternehmen werde können, sollte mein Leben gefährdet sein, statt hilflos mit pochendem Herzen im Bett zu liegen und darauf zu warten, vergewaltigt und umgebracht zu werden. Sind ein paar Sekunden Zeit für einen Notruf nicht ihre 700 Dollar wert?

Herzl hat die Stiefel wieder angezogen. Er ist draußen vor dem von innen verbarrikadierten Privateingang zu meinem Zimmer, er fummelt an der Türklinke herum, und schon sagt er, sie sei gerichtet. Von außen gerichtet. Die Möbel können bleiben, wo sie sind. Ich atme auf vor Erleichterung. Versuchen Sie es ruhig, sagt er. Ich drücke. Die Klinke gibt nicht nach.

Herzl hat offensichtlich Erfahrung mit Schlössern. Er sagt, in diesem Job arbeite er erst seit drei Monaten. Er müsse eine Begabung dafür haben, sage ich. Er sagt, er sei mechanisch veranlagt. In Israel sei er ein Motorradmechaniker gewesen, sagt er. Er fragt mich noch einmal, ob es mir ernst sei mit den übrigen Schlössern, und ich sage ja, über das nagende Unbehagen der 700 Dollar und was mein Ehemann dazu sagen wird hinweg. Das Schloss, das ich eben gerichtet habe, berechne ich Ihnen nicht, sagt Herzl. Er braucht meinen Hausschlüssel, um die zwei neuen Sicherheitsschlösser meinem vorhandenen Schlüssel anzugleichen, sodass ich meinen alten Hausschlüssel weiterhin benutzen kann. Ich gebe ihm einen. Er geht hinaus zum Lieferwagen, und zehn Minuten später ist er zurück mit meinem Schlüssel und dem Zubehör. Er setzt das Sicherheitsschloss in der Küchentür ein. Doch, es ist besser als das alte, aber am liebsten hätte ich eine ganz neue Tür, eine Tür ohne auch nur einen Splitter Glas, ein wuchtiges Burgtor hätte ich gern, ein Burgtor mit einem winzigen hölzernen Gucklochtürchen mit dicken eisernen Gittern davor. Aber bis es so weit sein wird, brauche ich dringend das Sicherheitsschloss, sollte sich der Einbrecher als nächstes unser Haus aussuchen. Herzl ist fertig mit der Küchentür. Wir gehen nach hinten zur Flügeltür des großen Schlafzimmers mit dem Riesenbett, wo mein Mann allein schläft. Während er das alte Schloss entfernt und das neue einsetzt, erzählt Herzl, er habe als Chauffeur gearbeitet, als er in Amerika neu begonnen hatte, und dass er nun bei einer sehr guten Firma sei, eben dieser Schlosserei. Er weist auf den neuen Griff mit Schloss für das große Badezimmer. Nun könne mein Mann sich einschließen, sagt er. Gut, sage ich. Wir gehen in mein Zimmer, und während er an der Tür herumwerkelt, frage ich ihn, ob ihm der algerische Nobelpreisträger Albert Camus ein Begriff sei. Nein, sagt er. Ich erzähle ihm von dem Fremden, wie er zur Beerdigung der Mutter in seine Heimat zurückkehrt und nichts empfindet. Und Herzl erzählt, seine Mutter sei vor einem Jahr gestorben und dass dies der Anlass gewesen sei, Israel zu verlassen. Er sei der Jüngste, tief betrübt, todtraurig habe er nur weg wollen. Er sagt, er sei nicht wie der Rest des israelischen Auswurfs, der hierher käme. Er sagt, die Guten, die blieben in Israel, doch er sei nicht wie der gewöhnliche Auswandererabschaum, er sei gekommen, weil seine Mutter gestorben war. Alle Schlösser sind eingesetzt. Ich fühle mich sicherer als vor einer Stunde. Soll der Einbrecher nur kommen, ich kann mich in meinem Zimmer einschließen und den Notruf wählen. Ich zahle mit Kreditkarte, in der Kehle ein winziges Würgen vor Angst, was mein Ehemann zu den neuen Schlössern für 700 Dollar sagen wird. Herzl ist fort. Ich sammle die Holzschnitzel vom Boden auf, rufe seine Schlosserei an und erstatte dort bei seinem Vorgesetzten einen lobenswerten Bericht über Herzls Arbeit und guten Charakter. Er habe mir die Schlösser nicht aufgedrängt, sage ich, ich wollte sie haben. Nun brauche ich einen extra Schlüssel für das Sicherheitsschloss an der Flügeltür, einen Schlüssel, den ich ständig in einer Schublade meiner leeren Kommode im großen Schlafzimmer aufbewahren kann, dort, wo mein Mann allein schläft.

Am Nachmittag fahre ich zu einem Schlüsselladen in meiner Nachbarschaft. Ein großer schlanker Mann mit blauen Augen und schütterem grauen Haar unterhält sich mit dem Schlüsselladenbesitzer auf Hebräisch. Es könnte Sir John Gielgud sein. Der runde Schlüsselladenbesitzer biegt sich vor Lachen. Sie wechseln über in Englisch. Ich höre etwas in Gielguds Stimme, das mich an Wienerisch oder Jiddisch erinnert. Ich frage. Nicht deutsch, sagt Sir Gielgud, Lettisch, doch dass er Deutsch im Konzentrationslager gelernt habe, in Buchenwald, und vorher sei er im Ghetto von Riga gewesen. Nach dem Krieg habe er ein Stipendium bei der Wiener Kunstakademie bekommen. Er sei ein Porträt- und Landschaftsmaler, eines seiner Porträts von Ronald Reagan hinge im Weißen Haus. Außerdem habe er André Segovia und André Prévin und Musiker der Los Angeles Philharmonie und die Oberste Richterin, Rose Elizabeth Bird, und den Rest des Obersten Bundesgerichts gemalt, und er fragt mich so etwas wie woher ich komme, weil er einen Akzent höre, ob ich aus Europa bin, und schon sind wir bei meinen Eltern im Konzentrationslager angelangt. Welche waren es, will er wissen, und ich nenne ihm nur die Endstationen vor der Befreiung, Dachau und Bergen-Belsen, und er sagt, er sei den Holocaust durch seine Malerei losgeworden, als er nach Amerika kam, Gott sei Dank, und an Gott glaube er nicht, wie sollte er auch? Ja, wie? Er sagt, er sieht sie zur Synagoge gehen, dort, wo er wohnt, die frommen Juden, und er versteht sie nicht. Er versteht nicht, zu wem sie beten und wozu. Er möchte meine Gedichte lesen, sagt er, fragt, ob ich ihm eins meiner

Bücher gebe, und dann sagt er, ich hätte schöne blaue Augen und reicht mir seine Visitenkarte. Darauf steht: Porträts, Landschaften, Schöne Kunst, und sein Name, also nicht Sir John. Meine Telefonnummer? Er sagt, er wolle mich anrufen, er wolle mit mir plaudern, mich nach Hause einladen, in seine Wohnung und sein Atelier, wo ich seine Bilder sehen könne, besonders die ganz frühen über den Holocaust. Das seien die traurigen, sagt er. Dass ich traurige Bilder liebe, sage ich. Er blickt mich an, wie ein Mann eine Frau anblickt, mit der er schlafen will. Man sagt mir, ich sähe sanft und erfüllt aus. Ich bin ein halbes Jahrhundert alt, in den Wechseljahren, verschwitzte Knäuel zwischen den Leintüchern oder sonst irgendwo sind mir zuwider. Und hätte ich Gelüste, wären dann die Liebeskandidaten etwa Männer in den Siebzigern? Langsam Gehende mit verbrauchtem Atem? Aber er ist ein KZ-Überlebender, ein Kind, als es begann, ein Mann, als es zu Ende war. Nun ist er alt. Ich will ihn an mich drücken, weil er in der Hölle war. Aber bitte, keinen Sex, lassen wir das Fleischliche, Sinnliche, Geschlechtliche raus aus dem Ganzen, verdammt nochmal. Ich werde nicht mit einem Mann ins Bett gehen, weil er den Holocaust durchgemacht hat, weil ich ihn trösten will so wie Mr. Tatteles, als ich achtzehn war, den Familienvater Tatteles, oder Leopold, den Geschäftsmann, und Kantor Hirsch, als ich dreißig war, und Leo, den Erfinder, und Fischl, den Rabbiner, als ich vierzig war. Als meine Vagina austrocknete, hörte ich auf, Holocaust-Überlebende zu trösten. Ich würde Sie gern wiedersehen, sagt er. Eine hübsche blonde ältere Dame kommt herein, zieht ihn am Ärmel und sagt, komm, lass uns endlich gehen. Der Ladenbesitzer lacht immer noch sein ansteckendes Lachen. Hat sie nicht herrliche blaue Augen, sagt der Kunstmaler zu der Frau. Ja, das hat sie, sagt die Frau. Die Besitzerin seiner früheren Wohnung, stellt er sie vor, sie wohne hier in der Nähe, in einer Eigentumswohnung, im selben Gebäude wie Cousine Belle. Ich kenne die Adresse, sage ich. Sie ist ungeduldig. Sie gehen beide. Sie passen zusammen, sehen aus wie ein Ehepaar oder zumindest wie zwei Menschen, die sich mögen.

Ich mache Besorgungen, fahre nach Hause und koche Abendessen, und mein Mann kommt durch die Hintertür in die Küche, und ich erkläre ihm, warum ich den Schlosser geholt habe und dass er die Türklinke zum Privateingang meines Zimmers umsonst richtete, und mein Mann sagt, gut, und dann erwähne ich die neuen Schlösser an der Küchentür, an der Flügeltür, an meiner Zimmertür und an seiner Badezimmertür, und er sagt, tatsächlich, und ich sage ihm, dass alles zusammen 700 Dollar gekostet und dass ich mit Kreditkarte gezahlt habe und dass Herzl mir die Schlösser nicht aufgedrängt habe wie ein Verkäufer, sondern dass die Schlösser mein Entschluss gewesen seien, und mein Mann sagt, man habe mich ausgenommen. Ich zeige ihm die neuen Schlösser. Aber ich mochte doch die alten Klinken, sagt er. Ich sage, das waren Schranktürklinken. Er probiert sein neues Schloss aus, und hinter der verschlossenen Badezimmertür höre ich, großartig, und was ist, wenn ich einen Herzinfarkt bekomme und niemand kann hinein? Von panischem Schrecken erfasst suche ich einen Türöffnermechanismus. Es muss einer vorhanden sein, ruft mein Mann hinter der Badezimmertür. Ein haardünner Schlitz tief innen im Griff. Mit einem feinen Werkzeug, einem Brieföffner oder Schnappmesser? Nein, es kann nicht wahr sein. Ich hole eine Nagelfeile, stecke sie in den Spalt, drehe sie, die Tür ist auf. Ogottogottogott, was habe ich angestellt? Kann ich es, dann kann es auch der Vergewaltiger und Mörder. Nun müssen wir entweder zwei Sicherheitsketten kaufen oder zwei Metallstecken mit einem U aus Gummi an der Spitze, die man unter den Türgriff schieben kann, einen für das große Badezimmer und einen für mein Zimmer. Oder den Schalter im Griff festhalten und sehen, wer stärker ist, der Vergewaltiger und Mörder oder wir. Und vielleicht käme der Schwerverbrecher gar nicht auf die Idee, einen Spalt im Türgriff zu suchen? Mein Mann blickt mich voller Mitleid an und sagt kein Wort. Ich bin entschlossen, metallene Türbremserstecken aufzutreiben. Nach dem Abendessen ruft der Kunstmaler an. Er möchte, dass ich seine Bilder ansehen komme und meine Gedichte mitbringe. Wir unterhalten uns ein bisschen über Krieg, Besatzungszonen, Gott und Religion. Der Kunstmaler sagt, er verstehe nicht, wie ein Jude noch an Gott glauben kann. Ich will ihn besuchen, sage ich, in ein paar Tagen, am Montagnachmittag, sage ich. Es fällt mir auf, dass seine Hausnummer auf dem B Boulevard zwei Häuser weiter von der Wohnung der Mutter meiner besten Freundin ist. Sie hat auch im KZ Deutsch gelernt. Und Kochen hat man ihr dort beigebracht. In der Küche im KZ hat sie gearbeitet im Krieg, ein bevorzugter Arbeitsplatz, glücklich seien die gewesen, die in der Küche im KZ waren, sagt sie immer. Sie sei ungefähr in seinem Alter, eine Witwe, sage ich zu ihm. Ich könne sie miteinander bekannt machen. Sie sei klug, sage ich, und eine erstklassige Köchin. Sie sei einsam, sage ich, sicher würde sie ihn gern zu einer Mahlzeit einladen. Die blonde Dame im Schlüsselladen? Nur eine gute Bekannte, sagt er. Ich weiß genau, wo Sie wohnen, sage ich. Bis Montag.

Er steht bereits vor dem Haus und wartet auf mich. Sein Nachbar habe den Hund draußen im Korridor, sagt er, eine Dogge, gelb, mit kühlen Augen, er traut ihr nicht, der Maler, und ob ich Angst vor Hunden habe, will er wissen. Ich habe keine Angst, sage ich. Oh, sagt er, wirklich? Die Dogge glotzt. Sie ist harmlos, sagt der dicke Mann in Shorts, dem sie gehört. Wir drücken uns vorbei an Dogge und Herrchen. Der Maler schiebt die Wohnungstür auf, sie war nicht verschlossen. Bilder überall, an den Wänden, auf dem Parkettboden, an die Fenster gelehnt.

Scheinwerferlichter an der Decke. Die Fenster und der Balkon gehen nach Osten, im Dunst des späten Nachmittags sieht das Zentrum der Stadt aus wie graue Bauklötze auf einer fernen Insel. Wie schade, dass die Aussicht nicht klar ist, sagt der Maler. Aber in der Wohnung ist es blitzhell, keine Möbel eigentlich, ein einsamer Stuhl in der Mitte des Raums und noch einer bei der Küche, und eine Überfülle von Gemälden gegen die Wände gelehnt. Mir entflieht ein Um Gottes willen, wer macht hier sauber? Schon sehe ich seine Kunstwerke von Staublappen und nassen Scheuertüchern bedroht, von Besen und Staubsaugerbürsten. Er selbst mache sauber, sagt er, er würde niemanden an die Bilder heranlassen. Natürlich. Früher hatte er sein Studio anderswo, ein wunderbarer Platz in einer renovierten Garage in Hollywood war es. Leider habe die Besitzerin, die blonde Dame des Schlüsselladens, das Grundstück verkauft, und somit verlor er sein Atelier und den Lagerraum für seine Bilder. Nun hat er alles hier, sein ganzes Lebenswerk bis auf die Gemälde, die bereits verkauft waren, und ausgenommen Ronald Reagans drei Gleichnissen auf einer Leinwand, nämlich Präsident Ronnie, Cowboy Ronnie und Ronnie als Patient aus dem Film mit Patricia Neal. Alle drei auf einem Bild, es hinge im Weißen Haus in Washington, sagt der Maler. Er zeigt mir das Foto des Gemäldes mit den drei Ronnies. Ronald Reagan, wie er leibt und lebt, ich bin verblüfft. Der Maler sagt, er habe einen Lagerraum im Kellergeschoss gemietet, und dort habe er seine KZ-Bilder, düstere Bilder des Grauens, er wolle sie mir zeigen, nachdem ich die Sammlung hier oben gesehen habe. Er hat Landschaften und Häuser und Kinderporträts und Stillleben und Nackte, ein Meister der Schönen Kunst ganz sicher, doch nichts, das mich bewegt, ich bewundere lediglich das Können, die Begabung. So wie die SS-Leute, die ihm Fotos ihrer Angehörigen zu Hause in der Heimat brachten. Er machte Skizzen, er zeichnete ihre Porträts. Sie gaben ihm mehr zu essen dafür. So habe er überlebt, sagt er. Wie mein Onkel, der Schneider, sage ich, Wurstbrote als Lohn für das Schneidern. Er hat die Ehefrauen der SS-Männer mit einer neuen Garderobe ausgestattet. Ich kann tippen und kochen und ich kann Ordnung halten in Schränken, in Schubladen und Kommoden. Ich wäre Kandidatin zum Aussortieren von Hosen und Röcken und Blusen in der Kleiderkammer. Hätte ich überleben können? Kleiderkammer statt Gaskammer? Leben statt Tod. Der Maler spricht schön Jiddisch. Er liebt die Oper. Er liebt Literatur. Er blickt mich an. Zu spät für den Maler und mich. Sein Atem ist alt. Der junge Mensch, der, der die Gesichter von zwei englischen Soldaten zeichnete, in Wien, als schon alles vorüber war, der Krieg und die Gaskammern, der junge Mann, der ein Stipendium bei der Wiener Kunstakademie bekommen hatte, nachdem die zwei Soldaten seine Bilder weitergereicht hatten, dieser Mann, er ist jetzt 75 Jahre alt. Und glaubt, er kann noch eine viel jüngere Frau bekommen, mich. Er will mich. Ich bin wütend. Nicht deshalb, weil er mich will, sondern weil er 53 will. Weil er glaubt, dass ich, die 53-Jährige, ihn, den 75-Jährigen wolle. Für was hält er sich eigentlich? Ich wollte seine Bilder sehen. Er hat mich mit seinem Jiddisch bezaubert, er war im KZ, genügend Gründe, sich mit einem älteren Mann anzufreunden. Nur das. Ich habe keinen Platz mehr für Liebe und Leidenschaft. Und dann gehen wir ins Kellergeschoss, und alle Lager sind da unten, und die Mütter und die Kinder und die alten Leute und ein zehn Jahre alter Junge, der sich in den Gassen Wiens herumtrieb damals. Ich sah ihn, und ich brachte ihn auf mein Zimmer, und ich malte ihn. Sehen Sie sich seine Augen an, sagt der Maler, seine Augen sagen Ihnen alles.

Wir sitzen uns in der Küche gegenüber, er auf

einem Stuhl, ich auf dem anderen. Auf dem Tisch Papierkram, Tassen, Teller, eine Vase mit Astern. Ihm gefallen meine Augen, sagt er. Er war dreimal verheiratet, eine ist tot, zwei leben anderswo. Er hat sie alle gemalt, nackt und anders. Seine Ehen waren unglücklich. Ja, am Anfang die Leidenschaft, aber, wenn er es sich so recht überlegt, das Problem war immer, dass er zu ihnen nichts über die Lager sagen konnte. Er versuchte es, und wie, aber sie hatten kein Verständnis dafür. Wie konnten sie auch? Es war unmöglich, mit ihnen darüber zu sprechen, sagt er.

Wir umarmen uns am Randstein neben meinem Auto. Sein alter Atem. Goodbye. Wir werden telefonieren. Wir werden telefonieren. Bis bald. Bis bald. Beide sagen wir dasselbe. Warum, warum wurde ich erst danach geboren? Warum nur? Wie soll ich ihm helfen? Ich muss ihm helfen.

Am Abend, zu Hause, am Telefon, erzähle ich meiner liebsten Freundin, erzähle ihr von dem Maler, einem Überlebenden. Er wohnt zwei Häuser weiter von ihrer Mutter. Zwei Überlebende auf dem B Boulevard. Sollen wir sie miteinander bekannt machen? Und wie heißt er, fragt sie, und ich sage ihr den Namen, und sie sagt, nein, nicht der, er war in Buchenwald, so wie mein Vater, aber als Kind noch, du kennst mich doch, du weißt doch, wie mir das nahe geht. Er hat mich verführt, als ich zwanzig war. Ich ging zu einer Kunstausstellung in Hollywood damals, sagt sie, er war vierzig, ein Kind im KZ, ein Maler, der Jiddisch sprach, er hat mich überrumpelt, du weißt doch, sagt sie, du kennst mich doch, ich schmolz dahin, er hat mich verführt, mir war schrecklich zumute danach, so schrecklich. Ich sah ihn nie wieder. Aber letzte Woche, sagt sie, letzte Woche auf dem Heimweg von der Synagoge, ging er an mir vorbei und sagte Schabbat Schalom, und er hat mich nicht wiedererkannt, aber ich ihn, seine Stimme, seine Augen, seinen Charme. Nein, sagt sie, nein, o nein. Und ich, ich fühle nichts wie Erleichterung. Mir fällt eine Last von der Seele. Nie wieder ihn sehen. Nie wieder.

Die arme Verwandte

Zehn vor zwölf. Ich in der Küche am Telefon. Judy meldet sich, Judy, Belles Gesellschafterin, Pflegerin, Aufpasserin, Frau für alles, nur Autofahren kann sie nicht. Judy aus einem Dörfchen in Mexiko meldet sich. Mrs. Brown sei gleich so weit, sagt sie, sie frisiere sie gerade, sagt sie, und dass ich sie in einer Viertelstunde abholen könnte.

Als ich in meinem blauen Toyota am Randstein halte, stehen beide vor dem Haus, schlanke Judy, winzige Belle. Belle in Schwarzweiß. Sie hat schwarze, geflochtene Lederhalbschuhe an, weiße Nylonsöckchen, schwarze Hosen, eine schwarze Bluse aus Satin mit einem senkrechten Röschenmuster, ein elfenbeinfarbenes Halstuch, chic seitlich geknotet, und um ihren Hals eine schwarze Schnur, an der eine riesige Brille wie eine Tauchmaske baumelt. Ihre Frisur ist ein Vogelnest, toupierte maulwurfsgraue Zuckerwatte über Falten und Spalten und spitzen Winkeln.

Ich habe ein Frotteebadetuch auf dem Beifahrersitz und schäme mich deswegen. Sicher weiß sie, dass es ihretwegen auf dem Sitz liegt, aber lieber mich schämen, als später mit einem Geruch umgehen zu müssen oder einer Nässe auf dem Sitz. Schließlich hat Belles 70-jährige Tochter ein Sanitätsschutzpolster auf dem Beifahrersitz ihres Mercedes Benz, wenn sie ihre Mutter herumfährt, und seit ein erst letztens von mir wahrgenommener Geruch von Onkel Oscars Hinterteil auf einem meiner Polstermöbel mich hat würgen lassen, habe ich beschlossen, Badetücher für ältere Leute zu verwenden. Lieber schäme ich mich, als dass ich meinen zehn Jahre alten Toyota mit einem anhaftenden Geruch zum Verkauf anbiete.

Ich schiebe Belle in den Sitz und drücke die Tür zu. Belle ist 97. Auf ihrer Geburtstagsfeier letzten Winter bei Spago's auf dem Sunset Boulevard hatten drei Geiger in den Siebzigern vor jedem Tisch aufgespielt. Von diesem Fest hatte Belle neun mit Bonbons gefüllte Schokoladenschüsselchen sowie warme und kalte Speisereste in weißen Pappschachteln und feuchte Veilchentöpfe mit nach Hause genommen. Das Zeug hatte ich im Kofferraum meines Toyotas verstauen müssen, als ich sie und Judy von der Party nach Hause fuhr.

Nun ist es Frühling, die Azaleen blühen, ich möchte Belle eine Freude machen. Sie wollte ins Museum of Television and Radio in Beverly Hills. Ich ziehe Belles Sicherheitsgurt ganz heraus und stecke ihn in den orangefarbenen Verschluss. Wir winken Judy zu, wir fahren los, ich halte vor der ersten Verkehrsampel, und Belle sagt, sie möchte zu Nate'n Al's zum Lunch. Ich erinnere sie daran, dass sie mir ein italienisches Restaurant vorgeschlagen hatte, oben auf der Via Rodeo, der steilen gepflasterten italienischen

Ersatzgasse über Tiffanys, die vom Rodeo Drive abzweigt. Belle sagt, dort hätten sie nur Nudeln, und ihr sei nicht nach Nudeln. Das wiederholt sie etliche Male und besteht darauf, bei Nate'n Al's auf dem Beverly Drive zu essen, dort könne man auch umsonst parken, auf dem Parkplatz nebenan, zwei Stunden umsonst, sagt sie. Sie kennt sich aus. Wie du es dir wünscht, Belle, so werden wir es machen, sage ich. Ach, großartig, sagt sie.

Wir fahren auf dem Little Santa Monica Boulevard an Century City vorbei, und Belle weist mit dem Zeigefinger gen Himmel und fragt, was da oben geschrieben stehe. Es seien drei weiße Buchstaben, sage ich, und dass ich nicht wisse, was sie bedeuten sollen. Alles, was sich direkt vor ihr befindet, kann Belle nur in Umrissen und schattenhaft erkennen, doch von weitem sieht sie, und es ist ihr daran gelegen, mich und andere davon zu überzeugen, dass ihr nichts entgeht.

Auf dem Parkplatz stellt ein Mexikaner das PARKPLATZ BESETZT-Schild hinter uns in die Einfahrt. Belle hat keine Handtasche dabei. Wir gehen Hand in Hand wie zwei Kinder zum Eingang des Diners. Kaum habe ich die Tür geöffnet, lässt Belle meine Hand los und schreitet erhobenen Hauptes königlich hinein. Ich nenne ihren Namen für die Warteliste, sie besteht darauf, ihren Namen zu nennen, weil man sie hier kenne, sagt sie neben mir, und jeder starrt, als wären wir eine Zirkusattraktion. Belle ist einen Meter groß, eine elegante Greisin, die ganz allein gehen kann, obwohl ich dazu neige, den Luftraum um sie herum mit beiden Armen einzukreisen, nur im Falle, dass ... Belle sieht sich um. Uns gegenüber stehen zwei Männer und eine Frau in einer Gruppe, die auch auf einen freien Tisch warten. Sie starren, und Belle, nach prüfenden Blicken auf das Trio, wendet sich an einen der zwei Männer und sagt, jedes Wort betonend, laut und deutlich, Sie müssen schrecklich müde sein, junger Mann, Sie lehnen an Ihrem Freund. Das gesagt, hat sie mit einem Schlag drei Dinge, außer der Tatsache, dass sie beweglich ist, klargestellt, nämlich dass sie sehen, denken und sprechen kann. Der eine Mann in seinen beige und blauen Wildlederschuhen und hellblau und weiß kariertem Hemd erklärt, dass die Person, an die er sich lehne, sein Bruder sei, die Dame neben ihm seine Schwester, und dass sie auf drei weitere Familienmitglieder warteten, und nun stellen sich alle vor, und man fragt, wie alt sie sei. Schätzen Sie, sagt Belle, und schon berichtet sie von ihrem 97. Geburtstag bei Spago's. Die drei fragen mich, als sei Belle ein kleines Kind, wie sie denn heiße, ob ich die Enkelin sei, nein, Großnichte, sage ich, und dann fällt mir ein, ich bin nur die angeheiratete Großcousine zweiten Ranges. Ob ich sie betreue? Nein. Sie hat jemanden, Judy, ich habe sie nur eingeladen heute. Sie bewundern mich, weil ich mit ihr da bin, und sie bewundern sie, weil sie überhaupt da ist. Man bittet sie, sich doch zu setzen, es stehen ein paar Stühle leer. Nein, sagt sie, sie ziehe es vor zu stehen. Man tauscht Gedanken, gekürzte Lebensläufe aus, und Belle erwähnt ihren dahingeschiedenen Mann, Ben Brown Jr., und eine Tochter in Malibu, über die andere in Brentwood mit dem Schutzpolster auf dem Sitz ihres Mercedes Benz redet sie nie, nur über deren

Ehemann, den weltberühmten Zahnarzt, der im Iran Vorträge hielt, bevor er die Alzheimer Krankheit bekam. Aber das mit der Alzheimer Krankheit weiß Belle nicht einmal, ebenso, wie sie nichts über Familiensorgen weiß. Ihr Leben ist im Gleichgewicht, und sie ist dankbar dafür, und sie erzählt jedem, der es hören will, wie gnädig das Schicksal mit ihr umgegangen sei. Die drei haben einen Tisch bekommen. Sie verabschieden sich zögernd, möchten uns einladen, da wird Mrs. Brown Jr. aufgerufen. Eine toupierte Tischdame führt uns einen Gang neben hellbraunen Kunstledersitzgruppen für zwei entlang. Alles beobachtet neugierig, wie Belle zierlich vorbeitrippelt und auf den Sitz plumpst, von dem aus sie den Vordereingang im Auge behalten kann, damit sie ja nichts verpasst. Von meinem Sitz habe ich den Ausblick auf die Küche. Kaum sitzen wir, schon knallt ein alter Mexikaner zwei feuchte Gläser voll Wasser auf den nackten Tisch, und sofort sagt Belle, ohne Eis bitte, nicht weil sie die Eiswürfel im Glas gesehen hat, sondern weil sie weiß, dass Eis drin ist, weil es immer so ist. Und gleich nimmt er ihr Glas weg. Ich lese ihr aus der Spezialspeisekarte die Spezialgerichte des Tages vor. Belle drückt an ihrem beigen Hörgerät herum. Sie hätte gern den gegrillten Superiorsee Weißfisch, verkündet sie. Ich wähle ein Bücklingsalat-Sandwich, obwohl ich eigentlich auch gern Zunge oder Thunfisch mit geschmolzenem Käse hätte, oder eins von den heißen Pastrami, oder Cornedbeef-Sandwiches hinter dem Glas der Theke.

Als ich von der Damentoilette zurückkomme, sind vier Butterpäckchen aus der kleinen Schüssel am

Tisch verschwunden. Vielleicht haben Belles Hosen Taschen, oder vielleicht die Bluse, denn eine Handtasche, in die sie gewöhnlicherweise Essenssachen steckt, hat sie keine, und doch, die Hälfte der Butter ist bereits verschwunden. Das Brot hat sie noch nicht angerührt. Weißbrot und Roggenbrotschnitten mit Kümmel liegen hoch aufgetürmt auf einem ovalen Teller zwischen uns. Belle winkt dem grauen Mexikaner, und sie sagt, junger Mann, und fragt nach dem Endstück, nicht weil sie sieht, dass kein Endstück auf dem Teller liegt, sondern weil sie aus Erfahrung weiß, dass niemals auf einem einzigen Brotteller in irgendeinem Diner, in dem sie schon war, ein Endstück liegt, und deshalb fragt sie immer danach. Das und ihre vorhergehende Bitte um Wasser ohne Eis hat nun den mexikanischen Hilfskellner davon überzeugt, dass diese ungefähr über hundert Jahre alte Dame durch ihre dicken Augengläser einwandfrei sehen kann. Ich erkläre ihm, was das Endstück ist, der unterste Teil oder der oberste Teil mit der Kruste, sage ich. Er geht und kommt sofort zurück mit einem riesigen Kanten. Belle betastet ihn, ach, wie warm und frisch, sagt sie zu mir, bitte teile ihn in die Hälfte, meine Liebe. Und das tue ich, und ich streiche Butter drüber und reiche sie ihr, und sie isst sie, aber die Kümmel bleiben in den Ecken ihres Gebisses stecken, und den Rest des Nachmittags wird sie die Zunge an die falschen Zähne drücken und Luft durch die winzigen Spalten zwischen den gelblichen Perlen in ihrem Mund saugen, drücken, ziehen, mit einem Zahnstocher herumsuchen und die störenden Körnchen ganz sachte ausspucken.

Eine alte Bedienung, doch könnte sie Belles Tochter sein, so jung ist sie jedenfalls noch, steht mit Notizblock und Bleistift bereit. Was gibt es zum Weißfisch dazu, erkundigt sich Belle. Kartoffeln, Broccoli, Karotten, Krautsalat. Was für Kartoffeln, fragt Belle. Kartoffelbrei. Belle überlegt. Oder Pommes frittes, sagt die alte Frau mit dem Bleistift. Die hätte ich gern, sagt Belle. Pommes frittes, wiederhole ich ausdrücklich, sie möchte Pommes frittes, sage ich zu der alten Frau mit dem Bleistift. Ich bestelle den Bücklingsalat ohne Zwiebel auf Roggenbrot ohne Kümmel, und Tee, bitte. Während wir auf unser Essen warten, fängt Belle an, wie so oft schon, sobald ich auch nur das kleinste Interesse zeige, mir zum sicher hundertsten Male ihr Leben von damals zu beschreiben, in Brest-Litowsk, wo ihre Familie wohlhabend war, man trug Seidenkleider mit Spitze. Eine fürstliche jüdische Familie könnte es ihrer Beschreibung nach gewesen sein, schenkte man ihren Geschichten von vornehmer Herkunft, gesellschaftlichem Rang und guter Kinderstube, von Sinn für Bildung und Kunst und von Kultiviertheit Glauben. Als Erster war ihr Vater nach Amerika ausgewandert, dann hatte er sie, das älteste Kind, kommen lassen, danach ihre Mutter mit den drei jüngeren Geschwistern. Belle war fünf, als sie in Amerika ankam. Als sie zwölf war, starb ihre Mutter. Die alte Frau mit Bleistift kommt zurück und sagt, es gäbe kein Roggenbrot ohne Kümmel, nur Eierteigbrot, wie wäre es mit Eierteigbrot? Ja. Danke. Belles Vater konnte die vier Kinder nicht betreuen. Die Schwester von Belles Mutter, Tante Klara, die Großmutter meines Mannes, die kein Englisch konnte und nur Jiddisch sprach, nahm Belle auf. Sie würde mit Tante Klara, Klaras Schwester, Tante Sarah, Klaras Mann, Samuel Stein, und deren zwei kleinen Kindern, Sally und Ruth, leben, Ruth noch ein Säugling damals, Sally fünf, und später würde eine dritte Tochter, Kitty, ankommen, aber da würde Belle bereits aus dem Nest geflogen sein, verheiratet, und den Sonnenschein in Kalifornien genießen, mit Ben, dem Unternehmer, der ganz klein angefangen hatte.

Belle war als die arme Verwandte in eine Einzimmerwohnung mit Bad zu all diesen Leuten in der Bronx gekommen. Belles Brüder und ihre Schwester waren in einem Waisenhaus untergebracht, und dort ging Klara mit Belle und ihren eigenen Kindern jeden Sonntag hin, bis der Vater sie von dort herausholen konnte und für immer zu sich nahm. Sie litten in dem Waisenhaus, und Belle litt darunter, sie dort jeden Sonntag zu besuchen, denn sie fühlte sich schuldig, weil es ihr besser ging als ihren Geschwistern. Belle hatte keine höhere Bildung. Sie wollte der Familie, die sie aufgenommen hatte, nicht zur Last fallen. Nach der achten Klasse Volksschule half sie zu Hause aus, und dann ging sie zur Arbeit in ein Kaufhaus, wo sie mit der Preisermäßigung für Angestellte Geschenke für Klara kaufte, Klara, die keine schönen Sachen hatte, und Belle hatte einen guten Geschmack und eine Vorliebe für ausgewählte Stücke. Und sie streckt ihre Hände mit den rosa lackierten Nägeln aus und weist auf ihren silbernen Ring, den sie vor 27 Jahren in Mexiko erstanden hat, und auf den goldenen Ring mit dem grünen Edelstein an der anderen Hand. Und wieder einmal, als ob es ihr unfassbar schien, sagt sie,

sie begreife nicht, wo sie ihren guten Geschmack her hat, aber sie habe immer feine Sachen geliebt. Ich erinnere sie an ihre aristokratische Wiege in Brest-Litowsk, an die Verwandten in Seide und Spitze, und sie sagt, das müsse es eben sein, von wo ihre Vornehmheit stamme. Wo war sie doch gleich, fragt sie, ach ja, sie hat schöne Sachen für Klara gekauft. Schließlich lernte sie Ben kennen, der Lebensmittel aus dem väterlichen Geschäft an die Kunden in der Nachbarschaft lieferte, und sie heiratete ihn, und sie brachen nach Kalifornien auf, wo ein Onkel Verbindungen hatte und Ben half, gemeinsam mit seinem Bruder ein kleines Lebensmittelgeschäft zu eröffnen. Bald konnten sie vergrößern, aber nach einem 14-stündigen Arbeitstag und ständiger Abwesenheit von der Familie bestanden Belle und ihre Schwägerin darauf, dass sich die Männer nach einem leichteren Verdienst umsahen, und da fand sich eine Möglichkeit für den Vertrieb von Manischewitz-Erzeugnissen an der amerikanischen Westküste, und Ben und sein Bruder nutzten diese Gelegenheit, und sie waren diejenigen, die Manischewitz in diesen Teil des Landes brachten, und sogar bis nach Arizona in einen Supermarkt namens Goodman, und bald gab es nichts weiter zu tun, als zu bestellen und zu liefern, das Großhandelsgeschäft fing an zu blühen. Und schon hatten die Riesenketten Schachteln und Gläser und Dosen und Büchsen und Packungen von Manischewitz in ihren Regalen, und Belle und Ben wurden reich und zogen nach Beverly Hills und hingen den Junior an ihren Namen dran, um sich etwas wie Rang und Würde zu verleihen, denn Gesellschaftsstand war wichtig für sie. Und Freiheit, das solle man nicht vergessen, sagt Belle, denn die Tanten, Onkel und Cousins in Brest-Litowsk wurden erschossen und in ein Massengrab mit den übrigen Juden geworfen, während Belle und Ben ihren zwei Töchtern Privatstunden in Französisch und Tennis gaben und sie zum Religionsunterricht einmal die Woche zur Synagoge schickten und im Sommer in ein Kinderferienheim und sie jeden Sonntagnachmittag ins Konzert mitnahmen. Die Töchter wurden vorteilhaft vermählt, und Belle hat sechs Enkel und etliche Urenkel, und alle leben in Glück und Freude, und deshalb, sagt Belle, war das Schicksal gut zu ihr, wirklich. Und der alte Mexikaner hat einen zweiten warmen Kanten gebracht. Wieder teile ich ihn in die Hälfte und streiche Butter drauf für Belle.

Die alte Frau mit dem Bleistift steht mit zwei riesigen Tellern da. Belle hat den gegrillten Superiorsee Weißfisch mit Karotten und Broccoli und zwei runden braunen Pellkartoffeln – hatte die alte Frau nicht Kartoffelpürree erwähnt, als sie die Beilagen aufgezählt hatte – und daneben der Krautsalat in einem Edelstahlschüsselchen. Die alte Frau eilt zurück in die Küche nach den Pommes frittes, denn Belle wollte doch ausdrücklich Pommes frittes. Als sie zurückkommt, sagt Belle, sie müsse die Kartoffeln nicht wegnehmen, sie könne sie ruhig da lassen. Ich sage, bitte lassen Sie die Pommes frittes und die zwei Kartoffeln da. Belle liebt die Pommes frittes, aber von den zwei Pellkartoffeln mag sie sich nun auch nicht trennen, wo sie doch schon auf ihrem Teller liegen wie ein Geschenk. Sie möchte alles behalten, die Kartoffeln und die Pommes frittes. Belle sagt, wo ist die Tartarsoße? Die gehört doch dazu. Die alte Frau stellt eine hohe Glasdose voll Tartarsoße vor uns hin. So viel? Einen Löffel reinstecken, sagt die alte Frau. Ich streiche einen Löffel voll Tartarsoße über Belles Fisch. Mein Sandwich hat Zwiebel drauf. Ich zupfe sie mit Finger und Daumen heraus. Von der anderen Seite der niedrigen Glastrennung zwischen den Sitzgruppen werfen uns zwei junge Frauen verstohlene Blicke zu. Ich tue so, als ob ich es nicht bemerke. Sie haben uns zugehört. Brest-Litowsk und Massengräber in einem Diner in Beverly Hills. Belle lässt die Hälfte des Fisches zurück, beide Kartoffeln, die Hälfte der Pommes frittes und die Hälfte der Karotten, und sie braucht Behälter, um die Essensreste einzupacken. Ich bitte den Mexikaner, den, der die Brotkanten und das Wasser ohne Eis gebracht hat, um etwas zum Einpacken. Er bringt zwei Plastikbehälter mit Deckel. Belle sagt, Darling, leg die Kartoffeln nicht auf den Fisch drauf, sie sind zu schwer. Ich weiß das. Ich lege Fisch und Karotten in einen Behälter, die zwei Kartoffeln und die Pommes frittes in den anderen. Ich brauche einen dritten Behälter. Der Mexikaner bringt mir einen und außerdem noch eine Tüte. Er sagt mit dickem Akzent, fürs Essen heute Abend, nicht wahr? Ja. Ob wir das Brot auch mitnehmen möchten? Ja. Belle gibt Anweisungen, dass ich das Brot, das noch übrig geblieben ist, in der Tüte verstauen soll, und außerdem, sagt sie, braucht sie noch eine zweite Tüte für die Behälter. Ich sage, ich hätte ja schon den dritten Behälter für das Brot und deshalb könnten wir die Tüte dazu benützen, die Behälter zu verstauen. Ach so, sagt Belle. Ich stopfe das Brot in den dritten Behälter und die Butter dazu. Alle drei Behälter gehen in die Tüte hinein und der Mexikaner steckt grinsend Papierservietten dazu. Belle sagt, ich solle dem netten jungen Mann einen Dollar schenken, sie habe ihre Tasche nicht dabei. Ich ziehe zwei Dollarscheine aus dem Portemonnaie und reiche ihm das Geld. Ihr Trinkgeld, sage ich. Belle möchte Kaffee. Mit oder ohne Koffein? Kaffee, sagt sie. Er bringt ihr eine Tasse. Und Sahne, sagt sie. Weiße Sahnebehälterchen aus Plastik liegen in einer Schüssel. Ich gieße zwei in ihren Kaffee. Zucker bräuchte sie, sagt sie. Ich reiße eins von den kleinen Päckchen, die auf dem Tisch liegen, auf und schütte es in ihre Tasse und rühre es um. Sie trinkt eine zweite Tasse. Ich zahle. 21 Dollar und Trinkgeld für die alte Frau mit dem Bleistift. Wir müssen noch zusammen auf die Toilette, Belle mir voran. Leute starren. Belle geht auf die niedrige Toilette. Danach ziehe ich ihre Bluse zurecht und reiche ihr ein Papierhandtuch. Als wir gehen, sagt Belle vorne bei der Kasse, dass sie Zahnstocher braucht. Ich solle zwei nehmen, sagt sie. Alle bewundern sie, weil sie nicht tot ist. Eine Kämpferin mit einer Faust voll Zahnstocher. Zurück zum Parkplatz. Man liebt sie, weil sie sich nicht unterkriegen lässt.

Ich fahre die Straße hinauf und in die Einfahrt des Museum of TV + Radio und parke unter dem Gebäude. Belle hält sich an der Tür beim Aussteigen fest. Vor dem Aufzug beim Eingang bittet mich der Parkplatzaufseher um den Autoschlüssel. Den im Lederetui möchte ich ihm nicht geben, den Ersatzschlüssel habe ich im Wagen gelassen. Ich muss zurück zum Auto. Belle steht neben mir vor dem Aufseher. Soll ich sie hier bei ihm stehen lassen oder soll ich sie mitnehmen zurück zum Auto? Ich kann mich nicht entscheiden. Sie steht vorläufig. Und wenn sie umfällt? Wer wird sie auffangen? Der Aufseher sagt, geht schon in Ordnung, und dass ich mich nicht um eine Museumsbesuchbestätigung kümmern muss, nur sollte ich mein Auto vor 17 Uhr abholen, denn danach werde geschlossen. Danke, vielen Dank, sagt Belle, Sie sind ein anständiger junger Mann, ein Mann mit Flair und Intelligenz. Er sagt, solch ein Kompliment habe ihm bis jetzt nur ein Mensch gemacht, und das sei vor dreißig Jahren gewesen. Wir fahren ein Stockwerk höher.

Das Museum ist eine lichtdurchflutete weite Halle mit Videos. In der oberen Etage befinden sich eine Videothek und ein Kino mit der allerneuesten Sitzausstattung. Unten gibt es ein Rundfunkstudio für Interviews. James Caan kommt um 15 Uhr, sagt die Frau in der roten Kostümjacke und schwarzem Rock vorne an der Rezeption. Sie starrt uns an. Nein, sie würde uns nicht nach versteckten Waffen durchsuchen, sagt sie und fragt, ob wir Interesse an dem Interview hätten. Und Jack Lemmon käme um 16 Uhr, sagt sie. Lieber Gott, mein Lieblingsschauspieler, Jack Lemmon, ich liebe ihn, bitte lass Belle nicht müde werden. Und »I Love Lucy« läuft oben im Kino von 15 bis 16 Uhr. Ob wir da erst mal hinaufgehen wollen. Ich blicke unschlüssig zu den Treppen hinüber. Sie sagt, es gäbe einen verborgenen Lift hinten. Was möchte ich spenden? Ich reiche ihr einen Zehn-Dollar-Schein, und sie gibt mir zwei Eintrittskarten. Belle sagt, ich solle nicht vergessen, ihr eine Eintrittskarte aufzuheben, als Souvenir. Wir gehen den Gang zurück. Ein Angestellter mit klirrenden Schlüsseln an einem Metallring eilt herbei und öffnet etwas, was aussieht wie eine Schranktür. Wir stehen auf einer hölzernen Plattform, die uns ins obere Geschoss trägt. Belle sagt, meine Liebe, wie der Aufzug rattert. Oben lässt er uns hinaus und verspricht, er würde uns gegen 16 Uhr wieder hinunter befördern. Danke, junger Mann, sagt Belle. Dass mein Treffen mit Jack Lemmon von der Pünktlichkeit eines Angestellten mit Schlüssel zu einem Fahrbrett abhängt, macht mir Sorgen. Jack Lemmon darf ich nicht verpassen. Belle sagt, und was ist mit Jack Lemmon? Um 16 Uhr, sage ich.

Das Kino hat eine gute Gangbeleuchtung, der Rand jeder Stufe ist durch einen weißen Streifen deutlich zu erkennen. Belle sagt, oh, sieh mal, die Stufen sind gekennzeichnet. Wir sitzen in einer der hinteren Reihen. Die alte Lucy-Show aus den fünfziger Jahren beginnt. Auf der Leinwand flimmert eine Philip-Morris-Werbung mit einem zwergartigen Hotelpagen neben einem hoch gewachsenen Mann mit Stangen von Zigarettenpackungen im Arm und einer verschnörkelten Aufschrift: *Frohe Weihnacht von Philip Morris*. Auf den Verpackungen sind Lucys und Desis berühmte Gesichter drauf, und der hoch gewachsene Mann rühmt die Vorzüge des Rauchens, betont, wie harmlos und nikotinschwach die Zigaretten seien, während der Zwerg in Livree ernsthaft dreinblickt. Unschuldig wie die heutige Schokoladenwerbung. Ich bin entsetzt und amüsiert zugleich.

Lucy und Ethel tanzen und Desi dirigiert, und jedes Mal, wenn der Zwerg und der Große mit den Zigaretten die Show unterbrechen, fragt Belle, ob nun eine Serie zu Ende sei und eine neue beginnen würde. Nur fünf Leute sitzen im Zuschauerraum und sicher zischen sie nur um Ruhe, weil sie im Dunkeln nicht erkennen können, dass die kleine Belle mit der Taucherbrille eine sehr alte Frau ist. Die klimatisierte Luft ist eiskalt. Um Viertel vor vier verlassen wir Lucy und Desi, und Belle sagt, sie wolle nicht die Plattform, sondern die Treppe nehmen, und sie hält sich am Geländer fest, und mein Herz fällt in die Hose, während einige Leute zu uns heraufblicken, wie man es bei Seiltänzern tut. Unten angekommen, fragt Belle nach der Damentoilette. Belle rückt ihre Bluse zurecht und zupft an den Hosen und wäscht ihre Hände, und dann gehen wir hinüber zum Zuschauerraum des Rundfunkstudios, durch die Tür, und schon werden wir begeistert empfangen von einem makellos gepflegten großen Pudel, schwanzwedelnd und schnuppernd. Chloe, sagt eine geschäftige Brünette in roter Bluse, Mr. Lemmons Hund. Mr. Lemmon säße hier drüben, sie zeigt ihn uns, und, tatsächlich, er sitzt direkt vor unserer Nase, mit einem Lutscher in der Hand, und nimmt kleine Schlucke Evian-Wasser aus einer Flasche. Jack trägt eine gelbe Windjacke, graue Hosen, weiße Tennisschuhe, eine Baseballmütze. Ich kraule Chloe hinter den Ohren, ich flüstere ihr zärtlich zu, und ich bete inbrünstig, dass es Jack nicht entgeht, wie liebevoll ich zu seinem Hund bin, aber er sitzt mit seinem Lutscher im Mund und tut so, als ob er niemanden sehen würde. Belle und ich sitzen da, und in der Glaskabine ist gerade das Interview mit James Caan zu Ende. Der Ton von der Kabine hinaus in den Zuschauerraum ist weich und glatt und beruhigend, wie Seife, und trotzdem ganz deutlich. Nachdem ich Chloe zehn Minuten lang gestreichelt habe, nehme ich meinen ganzen Mut zusammen, stehe auf und gehe hinüber zu Jack, und ich sage, Mr. Lemmon, Sie sind mein Lieblingsschauspieler, Sie sind der Allergrößte, ich verehre Sie und Ihre Filme, ich habe »Das Appartement« und »Manche mögen's heiß« noch in Deutschland gesehen, wo ich aufgewachsen bin. Das nutze ich aus, dass ich als junges Mädchen in Deutschland die amerikanischen Filme gesehen habe, seine Filme. Eine deutsche Verehrerin gehört vielleicht in eine besondere Kategorie, das Deutsche an mir wird mir einen höheren Rang verleihen, abseits von seinen alltäglichen amerikanischen Fans. Dumm fühle ich mich aber trotzdem. Er lächelt mich mit seinen hellen Augen an und bedankt sich höflich, und ich kehre zurück zu meinem Sitz, unzufrieden irgendwie. Nun ist Jack Lemmon an der Reihe. Belle kann nicht wissen, dass das Interview hinter einer Glaswand stattfindet. Sie sitzt und hört aufmerksam zu. Jack sagt, es sei schwierig gewesen, mit Marilyn Monroe zusammenzuarbeiten. Eine Szene, in der sie nur einen Satz hatte, etwa wie *Wo, sagst du, ist die Whiskeyflasche?*, wurde sechzigmal gedreht. Billy Wilder habe sich die Haare gerauft, sagt Jack, und Tony Curtis habe gekocht vor Wut. Marilyn Monroe sei nie pünktlich gewesen, immer sei sie zu spät gekommen, habe Jack und Billy und Tony und die Kameraleute stundenlang warten lassen. Jack sagt, Billy sei ein Genie, Judy Holliday klug, Shirley MacLaine amüsant, Tony Curtis ein Kumpel. Jack hat in Harvard studiert. Er erzählt von seiner Frau, der jetzigen, seiner zweiten, Felicia. Felicia wird andauernd erwähnt, Felicia ist überall, Felicia, Felicia. Ach, wie sehr er sie liebt, seine Frau. Ohne Felicia sei er ein Nichts, sagt er. Sie sei der ganze Inhalt seines Lebens, die herrliche Felicia, alte Felicia mittlerweile, und, o glückliche Felicia, denke ich mir. So geliebt zu werden. Nach dem Interview kommt er aus der Kabine. Wo ist Jack Lemmon, sagt Belle. Der in der gelben Windjacke, sage ich. Sie geht entschlossen auf die gelbe Jacke zu und sagt, Mr. Lemmon, Sie sind ein großer Künstler, und sie erwähnt ihre Tochter, die in Malibu zwischen einer ganzen Menge berühmter Künstler lebt. Sie kennen doch sicher Soundso, sagt sie. Und Soundso. Werden Sie demnächst wieder mal im Fernsehen erscheinen? Ich werde im Fernsehen sein, sagt er erstaunt. Kennen Sie Soundso, sagt sie. Er lebt neben meiner Tochter in Malibu, wissen Sie. Sie streichelt seinen linken Ärmel mit ihrer rechten Hand. Er lächelt hilflos. Sie dreht sich um und trippelt mit Würde davon. Allen wird sie davon erzählen, allen, die sie anrufen werden, sie wird ihnen allen erzählen, dass sie sich persönlich mit Jack Lemmon unterhalten hat.

Ich fahre sie zurück nach Hause. Die sechs Stufen zum Eingang ihres Gebäudes bewältigt sie ohne Hilfe, sie hält sich nur ganz sacht am Geländer fest, sie kennt die Stufen im Schlaf, sagt sie. Ich drücke auf die Klingel. Judy über die Sprechanlage. Die Türe summt, Belle drückt sie auf. Wir warten auf dem Ledersitz in der Lobby, bis Judy kommt und aus meinen Armen das verpackte Essen in Empfang nimmt, und das Museumsprogramm und Belles Eintrittskarte und die grünen Werbeblättchen und Belle, und Belle drückt meine Hand und sagt, wie schön es gewesen sei, und wann können wir es nochmal machen, meine Liebe?

Rachel oder Rivka

Drei Wochen lang lag Tante Rosie mit einem Staubsaugerschlauch im Mund auf der Intensivstation im Kaiser Permanente Hospital in Woodland Hills, direkt neben dem Freeway 101. Sie sah aus wie eine dicke Leiche. Die zuständigen Ärzte Leparulo und Schiffer versuchten, Onkel Oscar von der hoffnungslosen Lage seiner Lebensgefährtin zu überzeugen, aber Oscar war noch nicht bereit, sich von Rosie zu verabschieden. Er döste im Wartesaal neben der Notfallstation, und jede Stunde schlurfte er zum Telefon neben der automatischen Flügeltüre, welche ihn von Reggie trennte, und kündigte dem Personal drinnen an, Oscar hier für Rosie. Er blieb stets nur ein paar Minuten neben ihrem Bett, tastete zwischen Schläuchen und Drähten nach ihrer von der Dialyse geschwollenen Hand und sagte, nicht aufgeben, Rosie. Als der Staubsaugerschlauch entfernt werden sollte, weil er die Luftröhre gefährdete, rief man die Familie am Freitag nach Neujahr ins Krankenhaus. Rosie und Oscar waren kinderlos. Die Ärzte, Leparulo und Schiffer, redeten den versammelten Neffen und Nichten, der Schwester, dem Schwager und Oscar im geschlossenen Warteraum zu, keinen außergewöhnlichen Eingriff zu unternehmen, um Rosie am Leben zu erhalten, sondern die Natur und Gott über Rosies Leben entscheiden zu lassen. Oscar fuhr nach Hause, wusch und rasierte sich und betrachtete sich im Spiegel. Im Zweiten Weltkrieg war er als Oberst in einem Hotel im kalifornischen Bakersfield einquartiert gewesen. Als Vorgesetzter von eintausend Mann hatte er U.S.-Militäreinrichtungen bewacht, die Löhne und 600 Militärflugzeuge gegen Sabotage beschützt, und über den Schauplatz Europa, über Judenverfolgung und die Pazifikschlachten hatte er beim Kaffee in der Zeitung gelesen. Dank seines Militärdienstes bezog er eine beträchtliche Rente, die ihm, zusammen mit der Sozialversicherung und dem bescheidenen Einkommen der Miete eines Downtown-Grundstücks, ein würdevolles Alter sicherte. Rosies Krankenhauskosten trug vorläufig die Krankenkasse, während ein gutes Pflegeheim für eine dahinsiechende Rosie ihn in Armut stürzen würde. Geld entschied, und Gott nahm Tante Rosie am Sonntag zu sich.

Die Nichten fuhren mit Onkel Oscar zum Hillside-Friedhof in der Nähe des Flughafens, und sie stellten sich in der Schlange der wartenden Hinterbliebenen an wie in einer Bäckerei. Es war ein Leichenstau. Die Toten vom Freitag waren zuerst an der Reihe für ein Montags-Begräbnis, und außerdem hatte die Grippe ihre Opfer gefordert. Tante Rosie war Leiche Nummer 32. Eine Nichte rief Rabbi Kessler im Kol Tikvah-Tempel im Tal von San Fernando an. Tante Rosie hatte im Geschenkeladen der Schwesternschaft seiner

Gemeinde fünfzehn Jahre lang jeden Donnerstag von 10 bis 13 Uhr Kerzenleuchter und Sederteller verkauft und alljährlich im Hanukkah- und Purim-Bazaar auf dem Tempelparkplatz Goldfische in triefenden Plastikbeuteln an die Kinder verteilt. Die Nichte hinterließ eine Nachricht auf dem Telefonanrufbeantworter. Der Rabbi rief vom Folsom-Gefängnis zurück. Jüdische Insassen wurden gesegnet. Sein Terminkalender war voll, aber er würde Platz für Tante Rosie finden. Am Montag könnte er sie vor 13 Uhr unterbringen. Der Dienstag wäre ungünstig, er hätte einen Bris am Nachmittag. Sollte sich die Beerdigung in die Länge ziehen, müsste er sich zur Beschneidung beeilen. Der Mittwoch käme am gelegensten. Am Mittwoch war er flexibel. Versuchen wir's mit Mittwoch, sagte er leise ins Telefon. Für mich wär's besser am Dienstag, meinte Rosies Schwester am Telefon von San Juan Capistrano. Sie hätte einen Arzttermin am Mittwoch und könne keine Rücksicht auf ihre tote Schwester nehmen. Tot war tot, man würde nichts ändern an dieser Tatsache, aber sie hätte Blut im Stuhl und sie hing am Leben.

Das Bestattungsinstitut wollte ihnen die kleine Aussegnungshalle am Fuß der Friedhofshügel von 13 bis 14 Uhr am Mittwoch zur Verfügung stellen. Abgemacht, sagten die Nichten sofort, und sie verständigten Rabbi Kessler durch die zehnstellige Rabbizugangsnummer seines Beantwortungsdienstes. Es war nicht nötig, den schüchternen Kantor Gottesdiener zu benachrichtigen. Rabbi und Kantor waren ein Pauschalarrangement. Selten erschien einer ohne den anderen.

Onkel Oscar ließ die Vorbereitungen über sich ergehen. Er setzte seine Unterschrift auf unzählige Dokumente und Formulare und gab sein Ja und Amen zu weißen Rosen und Compactdisc-Orgelmusik. In der Sargauslage des Bestattungsinstituts wählte er nach kurzem Zögern einen hellbraunen Sarg aus poliertem Eichenholz zum Sonderpreis von 2500 Dollar. Die Nichten sollten Unterwäsche und ein Kleid bringen und ein Foto der Tante für die Maskenbildnerin. Verwandte, Freunde und Bekannte würde man verständigen. Weder in der Daily News noch in der Los Angeles Times sollte ein Nachruf erscheinen. Tante Rosie, die alle Todesanzeigen in beiden Zeitungen ein Leben lang wachsam gelesen hatte, würde sich vor Entsetzen im Grab umdrehen.

Die Nichten, Neffen und Onkel Oscar verabredeten sich mit Rabbi Kessler für Dienstag um 17 Uhr, um ihm Tante-Rosie-Geschichten zur Bereicherung seiner Andachtsrede zu erzählen. An Rosies jüdischen Namen erinnerte sich niemand. Es könnte Rachel gewesen sein oder aber auch Rivka. Rachel oder Rivka? Hatte sie nicht eine goldene Halskette mit den hebräischen Buchstaben ihres Namens getragen? Die Kette war zu Hause. Man würde sie finden und dem Rabbi zum Entziffern bringen.

Am Tag dei Bestattung parkte man die Autos im Sonnenschein gleich hinter dem eisernen Einfahrtstor zwischen den Toiletten und der Aussegnungshalle. Man winkte von weitem, man umarmte einander und küsste die Luft. Man fiel Leuten, die man seit Jahren nicht gesehen hatte, um den Hals. Man erkannte einander oder man wurde nicht erkannt. Auf eine Beerdigung kam jeder. In der jeweiligen Begeisterung, alte Bekanntschaften aufzufrischen, vergaß man für ein Weilchen die tote Tante Rosie.

Um 13 Uhr füllte sich die kleine Aussegnungshalle. Fast 200 Anwesende hatten auf den grau-rosa gepolsterten Bänken zu beiden Seiten des Mittelganges Platz genommen. Onkel Oscar und die Nichten und Neffen saßen vorne vor dem Vorhang in der ersten Reihe. Tante Rosies Schwester saß erleichtert auf ihren noch am Dienstag in San Diego diagnostizierten Hämorrhoiden in der zweiten Reihe. Als der elektrische Vorhang mit einem dumpfen Summen zur Seite glitt, wurde es totenstill. Ein Scheinwerferlicht erhellte die Rosen und die Menorah auf dem Sarg vor der Wand. Der schüchterne Kantor Gottesdiener sang am Pult links vor der Fahne der Vereinigten Staaten von Amerika. Auf der rechten Seite stand die israelische Fahne neben einer dunkelgrünen Pflanze in einem Korb. Rabbi Kessler saß nicht weit vom Sarg auf einem Bänkchen längsseits der Wand. EXIT leuchtete rot über dem Seitenausgang. Kantor Gottesdiener setzte sich. Rabbi Kessler erhob sich und betete auf Englisch und auf Hebräisch. Kantor Gottesdiener stand auf, Rabbi Kessler setzte sich, und Kantor Gottesdiener sang. Man las aus einem Text in einem weißen Büchlein, und man pries den Allmächtigen. Auf der letzten Seite stand unter einem blauen Brunnen zwischen zwei dünnen Davidsternen fett gedruckt: *»Für Ihre Seelenruhe! Machen … an einem Ort… Begräbnis. Denn wir betreuen Sie gut.«* Darunter stand die Adresse.

Das hebräische Totengebet auf Seite 10 konnten

die Trauernden in amerikanischem Hebräisch aussprechen, da unter jeder Zeile die englische Umschreibung in winzigen Buchstaben fein gedruckt war. Die übrigen Gebete und zwei Psalmen las man auf Englisch. Nach dem »Bei Sonnenaufgang und in der Dämmerung, erinnern wir uns. Im Sturm und in der Kälte des Winters, erinnern wir uns ...« erhob sich ein 60-jähriger Neffe mit einem Bogen Papier in der Hand von seinem Sitzplatz in der ersten Reihe und las stockend und mit unterdrücktem Schluchzen Erinnerungen aus seiner Kindheit in Chicago. Er dankte der toten Tante, die von den toten Juden Europas Gerettete, und er setzte sich weinend auf seinen Platz. Der Rabbi stand auf und erzählte, wie Tante Rosie und Onkel Oscar vor 45 Jahren nach Mexiko durchgebrannt waren. Kantor Gottesdiener sang. Der Bestattungsdirektor verkündete die Adresse der Nichte, zu der man nach der Beerdigung eingeladen war, und rief die Namen der Sargträger sowie die Namen der ehrenamtlichen Sargträger aus, das waren die Alten, die den Sarg nur begleiten sollten. Danach postierte er sich am Ende jeder Bankreihe, winkte wie ein Schutzmann, und die Gäste erhoben sich bedächtig und gingen in einer geordneten Linie am Sarg vorbei und durch die EXIT-Türe hinaus in das Sonnenlicht. Eine blauhaarige Greisin musste schnell zu den Toiletten geführt werden, eine schwangere Frau ließ ihren prallen Bauch betasten, und alle gratulierten dem Neffen zu seiner Lobrede. Als man sich zu den Autos begab, kam Rosies rosa gefärbte Cousine im Minirock auf hohen Absätzen angetrippelt und verteilte sechs Hochzeitseinladungen in sechs Plastiktüten vor der Betkapelle. Eine der Einladungen war für Onkel Oscar allein, denn Rosie war ja inzwischen tot und würde gleich im Mausoleum bestattet werden. Die Cousine hatte in ihrem fortgeschrittenen späten Mittelalter die Liebe ihres Lebens gefunden. Er hieß Freddie Friedman, war ein pensionierter Physiker und wohnte in Beverly Hills. Ihr toter Mann lag seit ihrem Goldenen Hochzeitstag schon zwei Jahre hier auf dem Friedhof mit Blick auf die Freeways. Was sie nun zu feiern gedachte, war ein Fest der Liebe zwischen ihr und dem jüngeren Freddie mit 180 Gästen im Beverly Hilton Hotel. Der Verlobungsring wog drei Karat. Man gratulierte und verstaute die Plastiktüten in den Kofferräumen der geparkten Autos und fuhr im Schneckentempo die kurze Auffahrt zwischen den Gräbern in den Grünanlagen zum Mausoleum hinauf, wo einer hinter dem anderen am Randstein parkte. Im Mausoleum war es kalt und muffig. Im Gang zwischen zwei Hallen standen Klappstühle. Onkel Oscar, die schwangere Frau, deren Bauch man vor der Betkapelle betastet hatte, und ein paar gebrechliche Menschen saßen auf den Stühlen. In der Halle der Verstorbenen stand rechts ein Gerüst, auf dessen Plattform Rosies Sarg ruhte. Neben dem Gerüst lagen am Marmorboden etliche vom Blumenhändler kunstvoll zusammengestellte Chrysanthemen- und Liliensträuße. In diesen steckten durchsichtige Plastikheugabeln mit Beileidskärtchen. Rabbi Kessler und Kantor Gottesdiener sprachen hebräische Gebete. Kantor Gottesdiener sang. Die Totenhalle rechts hatte 182 Stahlfächer. In der Mitte der Wände gab es Doppelfächer für Ehepaare.

Jedes Fach hatte ein poliertes Schild mit Namen und Daten und, in einem Messingring daneben, ein schmales Väschen mit frischen Blumen. Vor Tante Rosies Fach hing ein dunkelbrauner Vorhang aus Samt wie beim Kasperltheater. Direkt neben Tante Rosies Fach lag Großtante Bertha, und es folgten im Doppelfach Rosies ältere Schwester und deren erster Ehemann. Der zweite Mann lag 80 Kilometer östlich in der Erde in Montebello neben seiner ersten Frau.

Drei muskulöse Mexikaner mit ledernen Rückenstützen waren in die Totenhalle einmarschiert und hatten sich auf dem Gerüst neben dem Sarg aufgestellt wie Zirkusakrobaten. Mit einem baustellenartigen Getöse erhob sich die Plattform mit den Mexikanern und dem Sarg zur fünften Reihe, wo sie mit einem Ruck anhielt. Die Mexikaner schoben Tante Rosie in das Fach und fuhren wieder herunter. Der Bestattungsdirektor dankte den Anwesenden und verabschiedete sich. Man stand herum zwischen den Fächern und diskutierte, wer wo lag und wer wer war. Urgroßmutter liegt hier, nein, das ist sie doch nicht, sie liegt doch dort, siehst du sie nicht? Gegenüber in der teureren Halle zusammen mit Urgroßvater. Es kostet mehr dort. Die Fächer sind auch größer. Onkels Mutter? Hör auf, das ist sie doch nicht, der Name ist der gleiche, aber sie ist doch ganz woanders. Ihr Mann ist es auch nicht. Schau doch mal die Daten an. Im Osten der Stadt sind sie begraben, auf dem alten jüdischen Friedhof. Frag ihn doch.

Draußen in der Sonne traf man Verabredungen zum Lunch und tauschte Adressen und Telefonnummern aus. Die Verwandten fuhren 60 Kilometer auf zwei Freeways bis ans Ende des Tals von San Fernando. Alle hatten Hunger. Im 3300-Quadratmeter-Haus der Nichte in Granada Hills gab es Cornedbeef, saure Gurken, Pastrami, hart gekochte Eier, Brot, Schweizer Käse, Kartoffelsalat und Krautsalat auf Papiertellern. Doch, man erinnerte sich schon, dass die tote Tante koscher gewesen war, na ja.

Als es zu dämmern anfing, kam Rabbi Kessler mit einem Karton voller Käppchen und Gebetbüchlein an. Um eine dicke blaue Kerze standen die Versammelten im Halbkreis auf dem Teppich im Wohnzimmer herum, manche waren in Jogginghosen und Sweatshirts geschlüpft, und hörten zu, als der Rabbi den Kaddisch vor dem Kamin sprach. Er wiederholte das Totengebet siebenmal, einmal für jeden Tag, den Onkel Oscar nicht auf einem niedrigen Hocker verbringen wollte, so wie es der jüdische Brauch war. Nachher ging Rabbi Kessler mit dem Karton herum, die Käppchen und Büchlein einsammeln. Er bekam 350 Dollar in die Hand für sein Beten, und dem Kantor schuldete man 200 Dollar für sein Singen. Und dann war das ganze Geschäft zu Ende, es gab Marmorkuchen und Kaffee.

Hätte ich Töchter gehabt

Hallo, mein Liebling, ich bin wieder zurück. Ich habe mich großartig amüsiert. Ich war vier Tage in San Francisco mit einer Frau, die mich zu schätzen wusste, die freundlich zu mir war und liebevoll, die glücklich war in meiner Gegenwart, nicht wie so einige andere, die ich kenne. Hör zu, sie ist erst 48 Jahre alt, fünf Jahre älter als du, Liebling, klug und gerissen und realistisch, so wie ich. Sie hat gerade ihre Mutter verloren, vor drei Monaten ist sie gestorben.

Wir haben uns so gut verstanden. Flo, sagte sie andauernd, du bist so voller Lebensfreude, ich bin viel lieber mit dir zusammen als mit jemandem in meinem Alter. Stell dir so was mal vor. So was sagt eine Fremde, nicht mal mein eigen Fleisch und Blut! Hätte ich Töchter gehabt anstatt Söhne, wäre alles ganz anders.

Diese Frau, Susan heißt sie, die hatte Respekt vor mir, und sie war so lieb zu mir, ich war ganz weg vor Freude. Sie hätte leicht meine Tochter sein können. Sie sagte zu mir, Flo, sagte sie, du sprichst überhaupt nicht von deinen Söhnen, erzähle mir doch von ihnen, und ich sagte zu ihr, ja, also, Susan, sagte ich, meine Söhne, sie sind wohl anständige Leute, aber wir sind nicht innig. Was hätte ich sonst sagen sollen? Übrigens, mein Fuß tat mir noch weh, aber das hielt mich nicht zurück. Du kennst mich ja, mir kann man nichts in den Weg legen, ich bin eine lebendige Frau. Wir sind herumgerannt, wir zwei, wir waren überall. Sie war schon mal in San Francisco gewesen, aber noch nie in Sausalito. Ich habe ihr alle Sehenswürdigkeiten gezeigt, und ich kann dir gar nicht beschreiben, wie dankbar sie war. Sie konnte gar nicht genug für mich tun. Es war eine reine Freude, mit ihr zusammen zu sein. Ich fühlte mich geschätzt und geliebt. Dieses wunderbare Gefühl kann ich dir gar nicht beschreiben. Jetzt pass auf. Zufällig trafen wir dieses nette Ehepaar, sehr anständige Menschen, keine Juden, aber nett, aus Kansas City. Ich hatte sie vor zwei Jahren auf einer Schiffsreise durch den Panamakanal kennen gelernt, und hier tauchten sie plötzlich wieder auf, in San Francisco. Kannst du dir das vorstellen? Sage ich nicht immer, die Welt ist klein? So ein nettes Paar, 35 Jahre verheiratet, ein reines Vergnügen, mit ihnen zusammen zu sein. Ich kann dir gar nicht beschreiben, Liebling, wie die sich gefreut haben, mich wiederzusehen. Jeder hat mich gern, fremde Leute mögen mich, aber nicht meine eigenen Kinder und Enkelkinder. Ich verstehe das nicht. Warum? Was habe ich ihnen Schlechtes getan?

Dieses Ehepaar, sie sagten, Flo, sagten sie, wir müssen unser Wiedersehen feiern, wir laden dich zum Mittagessen ein. Selbstverständlich sollte ich Susan auch mitbringen, und ich freute mich riesig, wie soll ich es beschreiben, ich war ganz aus dem Häuschen. Also, das Mittagessen war bei ihren Bekannten in einer hocheleganten Gegend am Rande San Franciscos. Liebling, du hättest das Essen sehen sollen, alles vom Feinsten. So einen Tisch habe ich in meinem ganzen Leben noch nicht gesehen. Und jetzt pass auf. Diese Leute in diesem herrlichen Haus in dieser vornehmen Nachbarschaft, diese Leute, bei denen wir zum Mittagessen waren, die haben gerade ihre einzige Tochter verloren, ihr einziges Kind. Seit Jahren war sie unglücklich verheiratet, das arme Ding. Ich glaube, ihr Mann hat sie geschlagen, die genauen Einzelheiten konnte ich nicht herausbekommen, aber es muss schlimm zugegangen sein, wenn du dir so was vorstellen kannst. Sie flehte die Eltern an, ihr zu helfen, und sie haben sie nicht ernst genommen. Also, kurz und gut, vor sechs Monaten hat sich dieses unglückselige Geschöpf von der Golden-Gate-Brücke heruntergeworfen, hat drei bildhübsche Kinder zurückgelassen, und da stehen jetzt die Eltern, leben im Luxus, und nie würdest du vermuten, mit welch einer Tragödie sie fertig werden müssen.

Wahrscheinlich sollte ich dankbar sein für das, was ich habe. Wenigstens sind meine Söhne gesund, und geschieden sind sie auch nicht. Also was will ich eigentlich mehr? Aber was soll ich denn tun? Ich bemitleide mich trotzdem. Mit Susan fühlte ich mich ersehnt, geschätzt, geliebt. Wann ruft mich mein Sohn Steven schon mal an? Wie oft? Kaum. Und wenn er es mal tut, was soll das schon. Kaum dass er mit mir spricht, zwei Minuten, und das ist schon alles, was er mir gönnt. Und George? Rein und raus, kaum dass er es zehn Minuten bei mir aushält, kann's nicht erwarten abzuhauen. Warum er in solcher Eile ist, ist mir ein Rätsel. Für jeden hat er Zeit, nur nicht für die eigene Mutter. Er tut mir einen großen Gefallen, dass er überhaupt hierher kommt. Aber mir reicht es endlich, das sage ich dir. Ich habe beschlossen, die paar Jahre, die mir noch bleiben, zu genießen. Ich werde mir was gönnen mit meinem Geld, und anderen Menschen auch, Menschen, die mich zu schätzen wissen, obwohl ich zugeben muss, die meisten, die ich kenne, können sich was leisten, alle wohlhabend, gebildet, gescheit, ich gebe mich doch nicht mit Versagern ab. Aber weißt du was? Von jetzt ab kann mir meine Familie gestohlen bleiben. Wer mich nicht zu schätzen weiß, den soll der Teufel holen. Wenn meine Enkelkinder zu faul sind, den Telefonhörer abzuheben und meine Nummer zu wählen und zu sagen, hallo Grandma, wie geht es dir, dann brauche ich sie nicht. Und meine Söhne? Ich weiß nicht, was ich falsch gemacht habe. Aber eins weiß ich, ich war eine verdammt gute Mutter, verdammt gut. Zu mir mussten sie nie auch nur um einen Groschen kommen. Ich wusste immer, wenn sie Geld brauchten. Ich habe ihnen alles gegeben, was nötig war. George musste mich nie um etwas bitten. Auch heute noch. Alles habe ich ihnen gegönnt. Jeden Abend hatten sie etwas Warmes zu essen. Ich habe George vor seinem Vater in Schutz genommen. Er war ein Genie, leider erfolglos beruflich, er konnte nicht anders. Ich habe mich immer zwischen ihn und George gestellt. Ich habe keine Hand an meine Kinder gelegt. Vielleicht wäre alles anders, wäre Georges Vater noch am Leben. Der arme Jimmy, sein Leben lang hat er sich nach Töchtern gesehnt. Schwiegertöchter sind nicht dasselbe, du kennst doch den Spruch, ein Sohn ist ein Sohn, bis er sich vermählt, doch eine Tochter bleibt eine Tochter bis ans Ende der Welt. Ich sehe doch, wie du deine Eltern behandelst. Und das waren nicht einmal gute Eltern. Hast du mir nicht selbst erzählt, wie nervös sie waren? Man kann nicht alles auf die Lager schieben, weißt du, wir hatten es auch nicht gerade leicht hier während der großen Wirtschaftskrise in den dreißiger Jahren. Deine Mutter und dein Vater, die wollten dich loswerden. Sie haben dich aus dem Nest geworfen, damit du einen jüdischen Ehemann finden würdest, und so einen hast du dir ja geangelt. Und was ist mir geblieben? Meinen Sohn schert es nicht, ob ich tot oder lebendig bin. Was habe ich nur falsch gemacht? Was? Kannst du mir das erklären? Vielleicht weißt du es. Dir erzählt mein Sohn mehr als mir. Was habe ich falsch gemacht? Bitte sag es mir. Vielleicht muss man Glück haben mit Kindern. Aber eins hoffe ich, dass ihre Kinder meinen Söhnen zurückzahlen, was sie mir angetan haben. Sollen ihre Kinder so kalt und abweisend zu ihnen sein wie sie zu mir. Dann werden sie es am eigenen Leib zu spüren bekommen. Das wünsche ich ihnen von Herzen. Mein Sohn George hat vergessen, wie ich mich für ihn aufgeopfert habe. Nicht mal sein Bett hat er machen müssen. Alles habe ich für ihn getan. Und später, jeden Tag in meinem Haus ein warmes Essen vor die Nase gesetzt, bis er fast dreißig war. Seine ganze Unterwäsche für ihn besorgt, sogar als er bereits ein erwachsener Mann war. Ich wollte ihn nicht in Verlegenheit bringen, als er heiratete, du weißt schon, was ich meine, zerrissene Unterhemden, löchrige Unterhosen, das brauche ich dir nicht ausdrücklich zu sagen, er ist schließlich dein Mann, du kennst ihn. Sogar Schuhe habe ich ihm gekauft, als er geheiratet hat, das weißt du ja. Ich wollte es ihm immer leicht machen. Blöd war ich, ein Dummkopf. Mach mich nur fertig, ich bin sowieso nichts wert, nichts als ein Putzlumpen bin ich für meine Söhne. Rausschmeißen hätte ich ihn sollen, so wie es gewisse andere Eltern tun, und er hätte zusehen sollen, wie er zurechtkommt, mein Sohn. Aber so bin ich nicht. Ich bin eben dumm, ich kann nicht anders, spuck mir ins Gesicht, und ich sage, es regnet. Ich liebe meine Söhne, und ich will nur das Beste für sie. Ich habe sie gut versorgt. Und was habe ich davon? Aus den Augen, aus dem Sinn.

Mütter gibt es nicht wie Sand am Meer, weißt du. Wenn ich mal unter der Erde liege, wette ich mit dir, sie werden auch nicht zum Friedhof kommen, ihre Mutter besuchen. Hätte ich nur Töchter gehabt, wäre alles anders gekommen. Ich war eine Tochter, ich habe meine Mutter verdammt gut behandelt, verdammt gut, das kann ich dir sagen. Meine Söhne, von mir aus sollen sie tun und lassen, was sie wollen, sie sind keinen Pfifferling wert. Du, sag meinem Sohn, wenn er was braucht, wird er schon wissen, an wen er sich wenden kann.

Drakes um Mitternacht

Frühling im Lalaland. Schon zum zweiten Mal im Monat fuhr sie zur Melrose Avenue auf der Suche nach einem Vibrator für sich und die Bergsteigerin in Colorado. Ihre Freundin, Clarisse aus Paris, hatte bei ihrem jährlichen Besuch im März keinen mitgebracht. Plötzlich habe sie Hemmungen gehabt, sagte sie, sie, die ihr von ihrem winzigkleinen Vibrator vorgeschwärmt hatte, Hemmungen, das Ding zwischen ihrer Wäsche im Gepäck zu verstauen, was wäre, sagte sie, wenn die amerikanischen Zollbeamten ihr Gepäck durchsuchten? Wie peinlich. Aber einen schwarzrindigen unpasteurisierten Riesenkäse aus der Provence zwischen den weißen Playtex-Büstenhaltern und den Baumwollunterhosen in ihrem Koffer zu verstecken, davor hatte sie keine Angst.

Sie parkte den Toyota auf der Sierra Bonita Avenue und spazierte denselben Block in Richtung JOHNNY ROCKETS hinunter wie das letzte Mal, als es ihr nicht gelungen war, das Geschäft nach der Aufzeichnung, die Patrick ihr auf einem Fetzen Papier bei ihrem letzten Haarschnitt überreicht hatte, zu finden.

Hatte sie etwas übersehen? Es sei vier Häuser weiter, fast gegenüber von JOHNNY ROCKETS, hatte der Friseur ihr erklärt, ganz sicher, er selbst sei erst vor kurzem dort gewesen, hatte er beteuert, mit dem Handföhn in einer Hand und der Bürste in der anderen, und hatte obendrein auf den Leib Jesu Christi und die heilige Maria Muttergottes geschworen, Patrick mit dem schweren goldenen Kreuz um den Hals. Gut. Aber hier war keine Spur von einem Sexshop. Oder könnte es vielleicht der Laden mit der weißen Fassade an der Ecke, wo ihr Auto stand, sein? STOSSZEIT hieß das Geschäft. Hatte Patrick nicht gesagt, vorne seien T-Shirts? Und danach Ansichtskarten. Und dann hatte er gesagt, sollte sie nach links, und, voilà, dort sei eine ganze Wand voller Vibratoren, echte Qualitätsware. Ach ja, hatte er hinzugefügt, gleich beim Eingang sei auch ein Sensor. All dies traf auf den STOSSZEIT-Laden zu. Sie ging hinein, und siehe da, ein Sensor. Und, aha, T-Shirts, und wo waren die Ansichtskarten? Der dramatisch in Schwarz gekleidete Mann hinter dem Ladentisch wies auf ein paar Karten auf der Glasoberfläche, doch diese waren nur Werbung für DKNY. Und wo sollte sie nach links? Suchend sah sie sich um, der Mann in Schwarz sagte, kann ich Ihnen behilflich sein? Sie sagte, also, ich glaube, ich bin am falschen Ort. Jemand beschrieb mir einen Laden mit einem Sensor, mit T-Shirts und mit Ansichtskarten, sagte sie, die Vibratoren ließ sie im Moment weg. Und ganz leichthin sagte sie zu dem Mann hinter dem Ladentisch, macht nichts, ich bin wohl im falschen Laden, und doch, als sie wieder zum Eingang zurückging, fielen ihr knappe Höschen, sexy Unterwäsche und Tangas mit Abbildungen von Zungen und den Worten »Leck …« in einem Schaukasten auf. War es nun doch das richtige Geschäft? Sie beschloss, noch einmal den Block hinunterzuwandern.

Vor dem Modegeschäft STYLE, wo ein rotes Schild im Schaufenster einen 50 %-reduziert-Ausverkauf verkündete, waren zwei fette schwarze Frauen in eine Unterhaltung vertieft. Entschuldigen Sie bitte, sagte sie zu den zwei fetten schwarzen Frauen, hier in der Nähe soll es einen Laden mit Vibratoren geben. Ich suche einen Vibrator, sagte sie, für meine Bergsteigerin in Colorado. Und die sagten sofort, keine Sorge, Süße, das verstehen wir sehr gut. Und sie meinten, sie solle vielleicht die blonde Frau im rosa Babydoll vor FROU-FROU-PARIS fragen, die würde ihr sicher helfen können. Die Frau im Babydoll wies stumm und gelangweilt nach Osten, in Richtung Gardner Avenue. Ein Bagel-Laden, ein Schuster, ein Geschäft mit gebrauchter Kleidung, Änderungen und Reinigung in einem, vor dem alte Klamotten von einer Stange auf dem Gehweg als Sonderangebot hingen. Nein. Sie ging in drei Läden, die T-Shirts in ihren Schaufensterauslagen hatten. Dann zurück zu STOSSZEIT, und sie sagte zu dem Mann hinter dem Ladentisch, dass dies vielleicht doch der richtige Laden sein könnte, er aber sagte sofort, nein, es ist nicht dieser Laden, ich weiß, was Sie suchen, und es ist genau vier Geschäfte weiter rauf, er wies nach Westen. Sie sagte zu ihm, woher wissen Sie, wonach ich auf der Suche bin? Und er sagte, er wisse es einfach, er habe ein Gespür für so etwas. Sie sagte, also gut, ich brauche einen Vibrator für meine Bergsteigerin in Colorado. Ich wusste es, sagte er, ich weiß genau, welchen Laden Sie suchen, er ist vier Geschäfte weiter, ja, er hat eine weiße Fassade, er heißt DRAKES. Ich garantiere Ihnen, dort werden Sie finden, wonach Sie suchen. Sie hätte ihn gleich beim ersten Mal fragen sollen, sagte sie und erklärte, es sei ihr eben peinlich gewesen, und er sagte, also bitte, wir sind doch in Amerika. Sie sagte, woher kommen Sie? Er sagte, aus Israel. Sie sagte, ich bin aus Deutschland, aber ich bin jüdisch, nur um die Nationalität ein wenig abzuschärfen. Er sagte, es sei ihm gleichgültig, ob sie jüdisch sei oder nicht, dass er in keiner Weise Vorurteile habe, dass der Holocaust ein halbes Jahrhundert zurücklag und dass es höchste Zeit sei, endlich anzuerkennen, dass Deutschland eine große Stütze des Landes Israel war und gleichzeitig ein Freund des jüdischen Volkes. Kommen Sie später nochmal vorbei, sagte er, und zeigen Sie mir, was Sie gekauft haben, in Ordnung?

Patrick, der Friseur, hatte ihr also den falschen Plan aufgezeichnet. Der Laden, der sich innerhalb eines Blocks von Johnny Rockets befinden sollte, war in Wirklichkeit zwei Blöcke weiter, und zwar westlich von Sierra Bonita. So spazierte sie nun Melrose hinauf, dachte nach über Holocaust und gelassene Israelis und stand vor einem Laden mit weißer Fassade, DRAKES UM MITTERNACHT. Hier waren sie, die T-Shirts, im linken Schaufenster. Da war der Sensor gleich beim Eingang, dort waren die Ansichtskarten und die Gänge nach links. Und hinter dem Ladentisch stand ein magerer junger Mann mit einem Ohrring, und er fragte sie, ob er ihr behilflich sein könne, und sie sagte, ich brauche einen Vibrator, und er sagte, folgen Sie mir, und er führte sie zu einer Wand mit künstlichen Penissen verschiedener Größe und Form, und aus dem linken Augenwinkel erspähte sie zwei weitere Wände voller Vibratoren in Rosa und Gelb und Gold und Silber und Grün, schmale lange und stumpfe kürzere. Eine schwungvolle Handbewegung, und er sagte, wir haben eine Riesenauswahl. Sie fühlte sich zu den kleineren hingezogen, doch rasch überlegte sie, was wäre, wenn ihre Armlänge nicht genügen sollte? Irgendwie glaubte sie, dass ihr Arm im Liegen kürzer sein würde als im Stehen. So schnappte sie sich zwei lange schmale rosarote in flachen Schachteln mit einer großbusigen Brünetten vorne drauf. Sie ging vor zur Kasse, um für die erstandenen Einkäufe zu zahlen. Der Magere mit dem Ohrring war am Telefon. Neben der Kasse auf einem Ständer waren Fotopostkarten mit nackten schwarzen Männern aufgereiht, die ihre Riesenschlongs vorteilhaft zur Geltung brachten, so vorteilhaft, dass sie sich einen wünschte, einen von diesen schwarzen Schlongs tief in ihr, ganz tief. Der ziehende Schmerz in der Vagina war unerträglich, der Magere mit dem Ohrring starrte sie an, wäre das alles, fragte er. Kennen Sie zufällig Patrick, sagte sie zu ihm. Er ist Friseur. Merkwürdig, dass Sie mich das fragen, sagte er. Ich bin ebenfalls Friseur. Patrick ist mein Friseur, sagte sie, er hat mich hierher geschickt. Das ist aber seltsam, sagte er, dass ausgerechnet ein Friseur Sie hierhergeschickt hat. Früher habe ich bei Christof in Beverly Hills gearbeitet, sagte er. Jetzt bin ich ein freier Friseur, ich fahre zu meiner Kundschaft nach Hause, und teilweise arbeite ich hier. Sie fand es nötig, ihm zu erklären, dass ihre Freundin aus Paris, deren Ehemann ihr einen kleinen Vibrator besorgt hatte, keinen nach Amerika mitbringen wollte, weil die Freundin eine Durchsuchung ihres Gepäcks befürchtet hatte. Aber Angst, einen stinkenden unpasteurisierten Riesenkäse mit schwarzer Rinde für ihren Vater und seine polnischen Landsleute des Lodzer Clubs in ihrem Koffer zu verstauen, hatte sie keine gehabt. Und Patrick hat mir einen falschen Plan Ihrer Adresse aufgezeichnet, sagte sie. Zuletzt hat mich ein Israeli von STOSSZEIT hierher geschickt, sagte sie. Der Magere öffnete die Schachteln mit den aus glänzenden Miedern herausplatzenden und nach Befriedigung schreienden Brünetten und prüfte die Funktion beider Vibratoren mit C-Batterien. Die müssen Sie übrigens noch kaufen, sagte er, sie gehören nicht dazu. Sie zahlte und ging zurück zu STOSSZEIT und zeigte dem Israeli eine Schachtel. Dann kaufte sie in einem Drugstore vier schwere C-Batterien, zwei für jeden Vibrator. Einen schickte sie sogleich ihrer Bergsteigerin in Colorado.

Am folgenden Tag probierte sie den anderen aus und bereute den Kauf auf der Stelle. Das billige Plastik war zu hart. Sie war empfindlich. Sie zog ihren alten japanischen Hitachi-Zauberstab aus der Schublade unter ihrer Matratze, den mit der Verlängerungsschnur für Steckdosenanschluss, ein elektrisches Gerät, das nicht in ihrer Hand zitterte. Sie würde zu DRAKES UM MITTERNACHT zurückkehren und sich nach einer anderen Sorte umsehen, einer von besserer Qualität.

Vorspiel

Szene für zwei Personen in einer Küche in Amerika

Und womit hat sich mein kleines Frauchen heute die Zeit vertrieben, fragt George, als er sein Transistorradio mit dem Lederhenkel auf den Küchentisch stellt und zum Kühlschrank geht.

Ich war beim Arzt.

Sie setzt das Bratblech auf eine Unterlage auf dem Tresen und drückt die Ofentür zu.

George stellt eine Dose Bier neben sein Radio.

Und was ist das, sagt George plötzlich zärtlich und zupft an ihrer Schürze. Ist aber sexy.

Sie ist nicht neu, sagt sie.

Was gibt's zum Abendessen?

Lammkotelett mit gebackener Kartoffel.

Mmh.

Er sitzt da, ein Glas Wasser und ein Glaskrug für die Dose Bier vor ihm, das Radio an sein linkes Ohr gepresst. Lass mich nur schnell die Spielergebnisse hören, sagt er.

Sie legt eine große Kartoffel neben die Lammkoteletts auf einen weißen Teller mit blauem Blümchenrand. Das gute deutsche Rosenthal-Service befindet sich noch auf dem Frachter nach Amerika. Sie benutzen vorläufig die einfachen Teller, die sie mit ihrer Schwiegermutter zusammen in einem Diskontgeschäft für Staatsangestellte gekauft hat.

Er stellt das Radio hin und sticht sein Messer in die Kartoffel.

Was ist denn das?

Was?

Das ist doch keine gebackene Kartoffel. Was hast du damit angestellt?

Ich habe sie gekocht.

Dann ist es keine gebackene Kartoffel.

Aber ich dachte, so wird eine gebackene Kartoffel zubereitet.

Indem man sie kocht?

Aber wie denn sonst?

Man backt sie. Deshalb ist es ja eine gebackene Kartoffel.

Aber wie denn?

Man legt die Kartoffel in den Ofen und backt sie.

Aber George, so etwas habe ich noch nie gehört. In Deutschland kocht man Kartoffeln, oder man brät sie. Wir hatten Salzkartoffeln, Pellkartoffeln, Kartoffelbrei, Bratkartoffeln, sie wird nostalgisch bei dem bloßen Gedanken an die deutschen Kartoffeln und sucht angestrengt nach Beispielen weiterer Kartoffelzubereitungen, da sagt George, na gut, aber wir sind doch hier nicht in Deutschland. Bei uns im Lande backt man Kartoffeln im Ofen. Mit der Betonung auf *bei uns im Lande* deutet er an, dass Deutschland Amerika irgendwie unterlegen sei, und das ärgert sie, aber sie sagt nur, tut mir Leid, das wusste ich nicht.

Schon in Ordnung. Frage deine Schwägerin, sie wird dir erklären, wie man eine gebackene Kartoffel zubereitet.

Sie wird mich für dumm halten.

Die einzige Dummheit ist, nicht zu fragen, wenn man etwas nicht weiß.

Gut, ich werde sie fragen. Sie reicht ihm die Schüssel mit der sauren Sahne und setzt sich.

George, ich war heute beim Frauenarzt.

Ja?

Weißt du was? Er hat mir gesagt, dass ich tatsächlich Brustwarzenhütchen habe.

George?

George stellt das Radio wieder zurück und blickt von seiner Kartoffel auf. Er hat weiße Sahnetupfen auf den Lippen.

Was hast du gesagt?

Ich habe gesagt, dass ich beim Frauenarzt war, George, beim Frauenarzt, und ich sagte zu ihm, Dr. Liebkind, ich werde meine Kinder nicht stillen können, weil ich keine Saughütchen habe.

Jaaa?

Und Dr. Liebkind sagte, meine Liebe, natürlich haben Sie Saughütchen, und er wollte es mir beweisen.

George dreht die Lautstärke des Radios höher und hackt in die Kartoffel hinein.

Und er zeigte mir, dass ich Saughütchen habe.

George.

George!

Ja. Was?

George, ich habe Saughütchen.

Wo?

George, man muss wissen, wie man sie herausbekommt. Behutsam, George. Ich werde dir zeigen, wie.

Kann ich sie heraussaugen?

Nein, George, du musst sie erst einmal sanft herausziehen. Mit dem Daumen und dem Zeigefinger. Für Dr. Liebkind sind sie herausgeschossen. Es ist so leicht. Ich kann es dir vorführen.

Gute Idee.

George, willst du nicht sehen, wie man es macht?

Ja, in Ordnung.

Sieh mal, George. Sie stellt sich neben seinen Stuhl, zieht ihren Pulli hoch, greift in den Büstenhalter und zieht eine Brust heraus.

Georges Lippen sind voller Sahne.

Na so was.

George, zier dich nicht so. Schau mal, wie einfach es ist. Mit Daumen und Zeigefinger drückt sie behutsam auf die Brustwarze und schon taucht das Saughütchen auf.

So kann ich meine Mahlzeit nicht genießen, sagt er.

George, wenn Dr. Liebkind nicht wäre, würde ich nicht wissen, wie man so was macht, ich würde weiter glauben, ich habe hohle Brüste.

George?

Meine Mutter hat mir immer gesagt

....

George! Meine Mutter hat mir immer gesagt, ich habe Löcher in meinen Brüsten. Sie sagte, ich würde niemals ein Kind stillen können. Das hat sie mir erzählt, seit ich denken kann, und dass die Hebamme ihr gleich nach meiner Geburt gesagt hat, dass ich Löcher in meinen Brüsten habe.

George, hörst du mir zu? Meine Mutter sagte, ich habe hohle Brüste, weil sie bereits ein Jahr, nachdem sie zwischen den Leichen in Bergen-Belsen gelegen war, schwanger wurde. Wie konnte ich denn da vollkommen sein? Ich habe ihr geglaubt. Aber jetzt, George ...

George kaut.

George! Du darfst nicht glauben, dass ich keine Saughütchen habe.

George?

Ja?

Weißt du was? Ich begreife dich nicht. Du warst mit Elizabeth ...

Nicht das schon wieder.

Elizabeth, die erfahrene Frau. Ich dachte, sie hat dir das Nötige beigebracht. Wie kommt es, dass du nicht weißt, wie man bei einer Frau die Saughütchen herauszieht? Dr. Liebkind sagte, ich sei kein ungewöhnlicher Fall. Viele Frauen haben zurückgehende Saughütchen, und das hat nichts mit Konzentrationslagern und Typhus zu tun. Zurückgehende Saughütchen, George, so nennt man das, George, zurückgehende Saughütchen. Ich habe Saughütchen, George, sie sind zufällig innen.

Also, jetzt reicht es mir aber. George fällt über die Lammkoteletts her.

George, Dr. Liebkind war der Meinung, dass bei einer Frau mit zurückgehenden Saughütchen das Vorspiel unbedingt nötig ist. Er sagt, im Zustand der Erregung tauchen sie ganz von selbst auf. Warum sind meine nie aufgetaucht, George? George, du musst mich erregen. Du kannst dich nicht einfach auf mich stürzen.

Müssen wir das während der Abendmahlzeit besprechen?

Wann sollen wir es besprechen? Du hast mir befohlen, keine Unterhaltung im Bett.

Stimmt.

Also, wann sollen wir uns darüber unterhalten?

Nicht beim Abendessen.

Wann würdest du vorschlagen?

Wozu brauchen wir es überhaupt zu diskutieren?

Aber George, du bist doch derjenige, der behauptet hat, ich habe keine Saughütchen.

Das trifft in diesem Fall zu.

Lieber Gott, musst du dich immer ausdrücken wie ein Rechtsanwalt?

Komm, lass uns doch das Thema wechseln. Was hast du außer der Arztvisite noch gemacht?

George, ich mag es, wenn du meinen Hals küsst.

Jaaa?

George, im Bett, beim Liebemachen, küsst du mich nur rasch auf den Mund, und dann, nichts wie hinein. Magst du kein Vorspiel, George?

Ich komme lieber gleich zur Sache, sagt George, und dann ruft er, Pause, Richard Nixon auf Kanal 2, und er schiebt seinen Stuhl zurück, murmelt Danke fürs Essen, und er ist weg, und sie sitzt allein am Küchentisch.

Die Erbschaft

Kein Wort über sie. Erwähne ihren Namen nie wieder in meiner Gegenwart.

Ist mir ganz egal.

Und was ist schon dabei, wenn sie meine Schwester ist? Schwester. Ich habe keine Schwester mehr. Ich habe nur einen einzigen Menschen, auf den ich mich verlassen kann. Jakob, mein Mann.

Wenn du nur wüsstest, wie sehr ich gelitten habe.

Du hast keine Ahnung.

Sie hat mich totgemacht. Ausgelöscht. Ich bin nicht mehr da.

Wer? Was denkst du, wer? Wer, denkst du, ist fähig, so etwas zu tun?

Sonia, meine Schwester, wer denn sonst?

Woher du das wissen sollst?

Du kennst sie doch. Hast du nicht in ihrem Laden gearbeitet? Du weißt doch ganz genau, zu was sie fähig ist.

Was das bedeuten soll? Dass sie mich totgemacht hat? Nicht nur mich hat sie totgemacht. Deine Mutter hat sie auch totgemacht. Wir leben nicht mehr.

Ich werde dir gleich sagen, was das bedeutet. Sie hat uns umgebracht. Wir sind tot. Ich habe es hier schwarz auf weiß. Die Markowitz-Schwestern ermordet.

Ermordet.

Vergast in Auschwitz. Schade nur, dass du nicht Polnisch lesen kannst. Hier vor mir liegt das Papier mit ihrer Unterschrift.

Darauf steht, meine Schwester, Feige Markowitz, gestorben in Auschwitz. Meine Schwester, Chaya Markowitz, gestorben in Auschwitz. Unterschrieben: Sonia Markowitz. Sie wollte das Haus für sich allein. Welches Haus? Unser Haus. Das Markowitz-Haus in Mystowice. Das Schmuckstück unserer Stadt. Man nannte es den Markowitz-Palast. Ein Schloss.

Onkel Chemje?

Ihn?

Ihn hat sie leben lassen.

Weiß Gott, warum sie ihn nicht auch umgebracht hat. Aber sein Name steht ja sowieso nicht auf der Urkunde.

Er wurde enterbt.

Das stimmt. Er hätte sowieso nichts bekommen.

Natürlich ist es nicht gerecht.

Er hat sich mit unserem gottseligen Vater nicht verstanden.

Gestritten haben sie sich tagtäglich.

Er mochte die Stiefmutter nicht. Er wollte nicht fromm sein. Besser, man redet nicht so viel.

Er ist von zu Hause weggelaufen und in Lemberg gelandet.

Jemand hat ihn dort gesehen. Beim Tanzen. Mit den *Schickses* hat er sich herumgetrieben und vergnügt. Sag das bloß niemandem. Du weißt doch, wir stammen aus einer frommen Familie.

Und dann ist er nach Warschau und hat dort ein Geschäft eröffnet.

Mit Grabsteinen.

Warum Grabsteine, hat der gottselige Vater gesagt. Wozu hat er sich Grabsteine ausgesucht? Ausgerechnet Grabsteine, hat der Vater gesagt. Von allen Dingen der Welt musste er sich Grabsteine aussuchen? Der gottselige Vater wollte das nicht.

Er hat ihn enterbt. Nur Sonias Name steht auf der Urkunde.

Ja, wir sind auch berechtigt, so wie Sonia.

Wer behauptet, dass das Leben gerecht ist? Wir sind tot. Soll das vielleicht gerecht sein?

Sie lebt, und wir sind tot, und ihre älteste Tochter, die Pischerin, die große Klappe, sie wird das Markowitz-Haus in Polen erben, und du und deine Schwester, ihr werdet nichts davon haben.

Nichts.

Es ist keine Geschichte. Es ist die Wahrheit. Ich habe es hier schwarz auf weiß. Mein ganzes Leben lang habe ich wegen ihr gelitten, und niemand hat mir geglaubt. Jetzt endlich habe ich den Beweis, dass sie die Schlechte ist, und nicht ich. Den Kuchen hat sie immer vor mir versteckt, das werde ich ihr nie verzeihen. Sechs Jahre war ich alt, als unsere gottselige Mutter gestorben ist, und meine Schwester versteckt den Kuchen vor mir.

Aufs oberste Regal hat sie ihn hingestellt, viel zu hoch für mich. Stell dir mal so was vor, einer kleinen Schwester so etwas anzutun.

Deine Mutter? Ich habe deiner Mutter den Bogen Papier geschickt. Sie hat mir versprochen, sie wird nach Polen schreiben, dass sie lebt. Ich habe es bereits getan. Ich habe geschrieben: Ich bin am Leben, Feige Markowitz Goldstein. Und ich habe es beglaubigen lassen.

Das Haus brauche ich nicht, Gott sei Dank. Mein Mann hat mich versorgt.

Aber ich will ganz sicher sein, dass die in Polen wissen, dass ich nicht tot bin. Ich will nicht tot sein. Und um ganz ehrlich zu sein, ich will verhindern, dass ihre Tochter, die Pischerin und große Klappe, das Haus bekommt.

Meine eigene Schwester. Kannst du dir das vorstellen?

Komm mir nicht wieder mit der Geschichte, wie sie deiner Mutter das Leben im KZ gerettet hat.

Mein Leben?

Nichts hat sie gerettet.

Gerettet. Was hat sie gerettet? Sie hat nichts gerettet, niemanden. Sie ist eine Angeberin. Ich hätte auch ohne sie überleben können, glaubst du nicht?

Ich will dir etwas sagen, im Vertrauen, sage das niemandem. Der glücklichste Tag meines Lebens war der Tag, an dem ich ins KZ gebracht wurde. Ich sage dir die Wahrheit. Ich hab das bis jetzt niemandem erzählt. Der glücklichste Tag, hörst du? Sie war machtlos, die Herrscherin, machtlos. Sie konnte nicht mehr herumbefehlen, wie sie es zu Hause getan hatte. Im KZ hatte sie nichts mehr zu sagen.

Was redest du daher?

Na und? Dann hat sie eben Suppe und Haferbrei gekocht, große Sache.

Andere Leute haben auch gekocht nach der Befreiung. Was ist schon dabei?

Gut. Sie hat deiner Mutter Haferbrei eingelöffelt.

Umgebracht hat sie uns.

Sogar Onkel Jakob ist schockiert. Er, der niemals auch nur ein schlechtes Wort über irgendjemanden sagt, du kennst doch meinen Mann, er ist ein Stiller, er sagt, er ist enttäuscht.

Mit ihm war's immer, Sonia dies und Sonia das. Sonia kocht, Sonia fährt Auto, Sonia arbeitet, immer Sonia, Sonia die Fähige. Jetzt wissen wir, was Sonia ist. Endlich glaubt er mir. Kein Mensch kann sich vorstellen, wie ich gelitten habe. Und immer nur wegen ihr. Mein ganzes Leben lang habe ich gelitten. Jetzt ist Schluss damit. Sie ist endlich raus aus meinem Leben. Ich will nichts mehr zu tun haben mit ihr.

Dass ich tot war?

Jankel hat es mir mitgeteilt. Du kennst doch Jankel, unseren Cousin. Jankel in Tel Aviv. Das Haus hat ihn nicht in Ruhe gelassen, seitdem unsere gottselige Cousine, Mala, vor Jahren in Polen war und Fotos nach Israel gebracht hatte, schöne Fotos von dem weißen Prachtstück.

Jankel hat seinen Sohn nach Polen geschickt. Der Sohn ist nach Polen gefahren, und er hat dort in den Akten herumgestöbert in einem Amt, in der Stadtverwaltung oder so etwas Ähnlichem. Und dort hat er die Dokumente mit ihrer Unterschrift entdeckt und Kopien gemacht. Wenn du nur Polnisch lesen könntest, dann würdest du es mit eigenen Augen sehen. Auf einem Bogen Papier zu lesen, dass du in Auschwitz vergast worden bist. Wie wäre dir zumute?

Noch einmal Drakes um Mitternacht

Die Batterien lagen im Kühlschrank und der Vibrator im Abfalleimer. In der Zwischenzeit war die Bergsteigerin in Colorado mit ihrem Gerät trotzdem ein kleines Stück vorwärts gekommen. Obwohl der Höhepunkt noch nicht erreicht war, hatte sich ihr Empfinden durch den rosa Vibrator von einer Solo-Violine zu einem Streichtrio gesteigert. Sie versprach der Bergsteigerin, noch einmal zu DRAKES UM MITTERNACHT zu gehen, um ein geeigneteres Exemplar zu finden.

Diesmal wusste sie, wohin, wusste, wo zu parken, sie hatte jegliche Spur von Scham abgeschüttelt, war eine selbstbewusste Frau auf der Suche nach einem Selbstbefriedigungsapparat, und was andere darüber denken mochten, kümmerte sie nicht, zum Teufel mit denen, man war hier schließlich in Amerika. Es war ein bewölkter Mittwoch. Erst halb zehn, das Geschäft könnte noch geschlossen sein. Zwei Männer mit Eiskrem standen vor der Ladentür. Das Geschäft hatte bereits geöffnet. Parkplätze gab es genügend. Sie fuhr einmal um den Block herum und parkte direkt davor. Die zwei Männer mit der Eiskrem waren verschwunden. Sie drückte zwei Münzen in den Einwurf der Parkuhr. Diesmal sah sie sich das Schaufenster aufmerksam an. Beim letzten Mal waren ihr nur die T-Shirts im linken Schaufenster aufgefallen. Dass die T-Shirts Sexlogos drauf hatten, war ihr entgangen. Das rechte Schaufenster mit den grellen Großbuchstaben *KNALL!* hatte sie nicht einmal bemerkt. Das Fenster war voller Sterne. Vibratoren in allen Farben thronten auf roten Stecken wie Lutscher, und hinter ihnen schimmerte roter Flitter, der sie an die im Fasching geschmückte Ami-Bar ihrer Eltern erinnerte, polnische Juden, die sich so ihren Lebensunterhalt nach dem Zweiten Weltkrieg verdienten. Sie dachte an die betrunkenen amerikanischen Besatzungssoldaten, die ihrer Mutter ins Gesicht gespuckt und sie eine deutsche Hure genannt hatten. An der Tür stand: Unter 18 kein Zutritt. Immerhin, sie war in den Wechseljahren. Sie drückte die Türklinke herunter.

Vorbei am Ladentisch mit der Kasse und einem glatzköpfigen Kunden und schnurstracks geradeaus zu den Penisformen an der hinteren Wand. Welcher nur? Welchen sollte sie wählen? Sie rief nach dem Verkäufer, bitte helfen Sie mir, ich bin ganz verwirrt. Nicht der magere Friseur ihres letzten Einkaufs erschien, sondern ein Muskelmann in Schwarz und Giftgrün, mit ratzekurzem lila Haar, einem bleistiftdünnen Schnurrbärtchen und einem silbernen Ohrring. Zu ihm sagte sie, wann öffnen Sie? Er sagte, wir haben durchgehend geöffnet, 24 Stunden lang. Wie angenehm, sagte sie. Sie war schon darauf gefasst gewesen, bis zehn Uhr vor dem Geschäft warten zu müssen. Und dann erwähnte sie die unbrauchbaren Vibratoren, die sie vor kurzem hier erstanden hatte. Vielleicht könnte er ihr etwas Besseres empfehlen, sagte sie, etwas, das nicht in ihrer Hand beben würde, was sie als zu störend empfand, gab es was mit einer Gummiwölbung? Er zog eine steife Plastikhülle für 58 Dollar vom obersten Regal. Sie sagte, das muss nun wirklich eine besondere Sache sein, wenn sie schon so teuer ist. Sie sah es sich genauer an. Wozu ist der kleine Penis mit den abgerundeten Fühlern da, fragte sie ihn. Der kleine Penis, sagte sie, schauen Sie doch mal, der kleine an der spiralenförmigen Schnur hier, und sie zeigte mit dem Finger. Was soll das, da haben wir doch schon einen Penis, warum ist der kleine an den großen angehängt? Der Muskelmann sagte, der kleine sei für den G-Punkt. Der G-Punkt, wiederholte sie. Sie hatte immer gedacht, der G-Punkt sei grundsätzlich außen. Ein Penis müsste genügen. Wer würde ein zusätzliches winziges Ding in sich hineinstecken, sagte sie. Er sagte, es gäbe unterschiedliche Theorien über den G-Punkt. Die einen behaupteten, er sei innen, die anderen wiederum meinten, er sei auf der Klit. Tatsächlich sagte er Klit. Sie zuckte kaum mit der Wimper. Hm, sagte sie, sie glaube eher, dass er nicht innen, sondern außen sei. Können Sie mir vorführen, wie dieses Ding funktioniert? Selbstverständlich, sagte er. Sie kehrten zurück zum Ladentisch. Er schlitzte die durchsichtige Plastik mit einer Schere auf, hob den gummiartigen Penis mit dem Anhängsel behutsam aus der Hülle und schob eine C-Batterie unten in den großen Penis. Das machte einen dünnen Klick. Das kleine Anhängsel bebte nicht einmal, kaum dass es kläglich zitterte. Mit so einem Ding wird meine Bergsteigerin in Colorado zwölf Stunden brauchen, bis sie ihren Gipfel erreicht, sagte sie. Der Hauptpenis schwankte sanft hin und her wie einer, der es kaum schafft, gerade zu stehen. Wie merkwürdig, sagte sie, ich will kein penisähnliches Ding. Was ich brauche, ist ein Werkzeug, dieses hier passt mir nicht, sagte sie. Ich muss ein anderes finden, sagte sie. Der Muskelmann schien amüsiert. Er sagte, so eine dreiste Kundin sei ihm noch nie über den Weg gelaufen. Er sagte, die meisten redeten um die Sache herum wie die Katze um den heißen Brei. Sie sagte zu ihm, das Leben sei viel zu kurz, sie hätte keine Zeit für Umschweife, und sie ging zurück zur hinteren Wand. Eine silberfarbene Schachtel einer Großbusigen mit schwarzem Texashut, Perlenkette und silber und rosa Revolver in der rechten Hand fiel ihr auf. Auf der Schachtel stand ROSA PISTOLERO. Schon von einem ästhetischen Standpunkt gefiel ihr das. Der Preis war 19.95 Dollar. Sie hob die Schachtel vom Nagel an der Wand und brachte sie zum Ladentisch, und der Muskelmann sagte, genau diesen habe ich mir eben für Sie gedacht, und er sagte, stimmt's, zu einem anderen Verkäufer, der es bestätigte. Der Muskelmann öffnete die Verpackung. Das Ende der Pistole war aus weichem Gummi. Der Muskelmann schob drei Batterien in den Griff. Sie sagte, dass sie mit Batterien oft Schwierigkeiten hätte. Er sagte, Sie müssen nur aufpassen, dass der flache Teil der Batterie immer an der Sprungfeder anliegt. Der Muskelmann zeigte ihr auf dem Griff der Pistole eine schwarze runde gerippte Scheibe zur Regelung der Geschwindigkeit. Statt auf die gewöhnlichen drei Einstellungen angewiesen zu sein, funktionierte die Drehscheibe wie die Gasflamme auf einem Herd oder die Scharfeinstellung eines Stereosenders. Sie war äußerst regulierbar. Das gefiel ihr sogleich. Die summende Pistole fühlte sich angenehm auf ihrer Fingerspitze an. Sie sagte, die nehme ich, und ohne viel zu überlegen, fügte sie hinzu, ich nehme zwei von dieser Sorte, einer ist für mich. Der Muskelmann sagte, dass die Pistoleros im Moment zufällig reduziert seien, 25 Prozent billiger. Wunderbar, sagte sie. Sie zahlte mit Kreditkarte. Er legte die Pistolen in eine einfache kleine braune Papiertüte mit Henkeln und reichte sie ihr, als sie am Sensor vorbei war, über den Ladentisch hinüber.

Sie fuhr nach Hause. Schob drei AA-Batterien in einen der rosa Pistoleros, legte die Pistole zurück in ihre Originalverpackung, wickelte das Ganze wie einen Säugling ein und stopfte es mit einer Postkarte von DRAKES UM MITTERNACHT in eine rotweiß-blaue Pappschachtel. Die brachte sie zur Post und schickte sie per Eilzustellung an ihre Bergsteigerin in Colorado.

Inhalt

»Ein köstliches Buch – fabelhaft.«
Augsburger Allgemeine

Ein ebenso geistreicher wie witziger Bildungsratgeber, in dem jenes Wissen vermittelt wird, das wir wirklich brauchen. Neben Einführungen in die Kunst, Musik, Literatur und Philosophie lernen wir vor allem jede Menge über die Kunst, gut zu leben.

»Gescheitheit; die Fähigkeit, sich kurz zu fassen; eine umfassende Bildung; großer Fleiß; ungeheure Chuzpe – über all das verfügt der Exdiplomat und Exkorrespondent der *FAZ* Jörg von Uthmann in beneidenswertem Maße.«
Die Zeit

Jörg von Uthmann
Bildung für alle Lebenslagen
Alles, was man wissen muss, um ein Mann oder eine Frau von Welt zu werden

ULLSTEIN TASCHENBUCH

US145